巫克拉拉

Wildwitch 之 奇美拉的复仇

〔丹〕琳恩·卡波布 著

潘亚薇 译

朝華出版社
BLOSSOM PRESS

著作权合同登记号 01-2019-5316

Wildwitch: Life Stealer
Copyright © 2011 by Lene Kaaberbøl
Published in agreement with Copenhagen Literary Agency,
through The Grayhawk Agency. Simplified Chinese
translation copyright © 2019 by Blossom Press.
All rights reserved.

图书在版编目（CIP）数据

女巫克拉拉之奇美拉的复仇 /（丹）琳恩·卡波布著；
潘亚薇译. — 北京：朝华出版社，2019.12
ISBN 978-7-5054-4530-7

Ⅰ.①女… Ⅱ.①琳… ②潘… Ⅲ.①儿童小说－长
篇小说－丹麦－现代 Ⅳ.① I534.84

中国版本图书馆 CIP 数据核字（2019）第 187699 号

女巫克拉拉之奇美拉的复仇

著　者	[丹] 琳恩·卡波布		
译　者	潘亚薇		

选题策划	刘冰远　张　丽	封面设计	马尔克斯文创
责任编辑	张　璇　宋　爽	插画绘制	徐瑞翔　王　香　等
责任印制	张文东　陆竞赢	排版制作	中文天地

出版发行	朝华出版社	
社　址	北京市西城区百万庄大街 24 号	邮政编码　100037
订购电话	（010）68996050　68996618	
传　真	（010）88415258（发行部）	
联系版权	zhbq@cipg.org.cn	
网　址	http://zhcb.cipg.org.cn	
印　刷	环球东方（北京）印务有限公司	
经　销	全国新华书店	
开　本	880mm×1230mm　1/32	字　数　120 千字
印　张	6	
版　次	2019 年 12 月第 1 版　2019 年 12 月第 1 次印刷	
装　别	平	
书　号	ISBN 978-7-5054-4530-7	
定　价	28.80 元	

目录
Contents

WILD WITCH

Chapter 1

第一章

麻雀之心

我是一只小麻雀，灰棕色的翅膀把我带到空中，我在树枝之间来回飞翔。春天差不多到了，绿色和生命的气息无处不在，树上的嫩芽和昆虫是我的美餐。

　　不知怎的，我知道我在做梦。我知道在现实生活中我不是麻雀，而是一个叫克拉拉的女孩儿，我肯定没有翅膀和喙，嫩芽和昆虫也不会出现在我的早餐中。

　　然而，我就是梦到自己飞过那片森林，真切地感受到四周的春意。我感受到拍打翅膀的力量，我的爪子本能地抓住细嫩的树枝。只要一着陆，我就迫不及待地想去啄食多汁的嫩芽和路过的蚂蚁。

　　然后我梦见森林的空地上有一些橙红色的浆果，只是略微有点儿干了，还根本没被咬过。在这个季节，这是一种罕见的美食。我，一只小麻雀的肚子饿得直叫。即便如此，我也没有立即跳下去抓起这美食，因为浆果旁边还有些别的东西。我分不清那是什么，只是它们在周围环境中显得格外刺眼，它们不属于这片生机勃勃的森林。那是一些干枯的树叶。不，这些树叶不仅仅是干枯了，而且是死亡了。

　　树叶枯萎落下并不是什么新鲜事，这样的事每年都会发生，枯叶中总会有些甲虫、蚯蚓之类的细小而美味的虫子。而眼前这些已经死亡的叶子中没有昆虫或者其他生命的迹象，只是一片死寂。

我不喜欢眼前的景象，但是再说一次，我真的喜欢浆果。这种特殊的果子看起来那么脆甜可口，多汁的果肉仿佛在嚷嚷着"我真美味！"，诱人的香味儿让我垂涎欲滴，而且现在距离我上次采摘和食用美味的秋季成熟的浆果已经很久远了。

我飞到最低的树枝上。浆果已经近在咫尺了……哦，我真的非常想要吃到它……但是我根本无法得到。

我的翅膀僵硬了，爪子抽搐了几次，然后松开了抓握的树枝。我一跤跌倒了，无法再展开翅膀。我根本不能动，什么也做不了，只能坐以待毙。我的麻雀之心在胸膛里怦怦直跳，血液在血管里咆哮着，然而我却无法动弹。有什么东西压住了我——肉眼看不见，却贪婪而又无比强壮的东西。它使我动弹不得，还要抽干我的生命，从我的翅膀上撕下羽毛，将我的骨头像树枝一样折断。我砰的一声倒在枯叶上，眼前最后看到的东西是颠倒的天空、灰色的落叶和火红的浆果，我知道自己再也飞不起来了。

"克拉拉！"

我搂着自己的胳膊挣扎着，从梦中醒来，意识到自己又拥有了双臂而不是翅膀。我摇摇晃晃地坐起来，腿软得跟面条似的。我发疯似的抓住眼前的东西，以免让自己摔倒。我笨手笨脚地攥着几条披肩，它们牢牢挂在格林克利斯学校生物教室外面的一排挂钩上。

"你没事吧？"奥斯卡问，"你生病了吗？你的脸色看起来很奇怪。"

这话要不是奥斯卡问的，我什么也不会说。但他几乎什么都知道，比如我有个姨妈是位荒野女巫，而且我自己也是个荒野女巫，虽然不算很出色吧。自从小狸抓破了我的额头，用它那粗糙、温热的猫舌头舔了我的血后，我的生活就变得一团糟。

"我变成了一只鸟。"我大声说，"我变成一只飞来飞去的鸟，但后来……我死了。"

有人在我背后咯咯笑，是约瑟芬。好吧，她就是这种人，不是吗？是全班的恶作剧大王。

"克拉拉认为她变成了一只鸟，"她大声说，"但我觉得这个魔法没起作用。你为什么不张开翅膀让我们看看呢？"

我心情非常糟糕，根本懒得理睬她，也无心去回击她，尽管我知道那样才是明智之举。我的心怦怦直跳，像那只麻雀一样。我揉了揉眼皮，想看看眼球在柔软的皮肤下是否正常、圆润、完整，而不是像被人踩扁的浆果一样。

我脑海里仍然在回想着："杀死麻雀的是什么东西？

为什么呢？我为什么会在完全清醒的时候做梦呢？上一分钟我还和奥斯卡在教室外面，而下一分钟就……"

"克拉拉，"奥斯卡碰了碰我的胳膊，"需要我去找个老师来吗？"

"不，不，我没事。我只是在做白日梦。"

他看得出我没说实话，但什么也没说。这是他的错。他曾不小心说漏嘴，告诉亚历克斯我是一个荒野女巫。每个人都知道亚历克斯不能保守秘密，就跟他无法停止呼吸一样。所以现在整个学校都知道"克拉拉认为自己是一个女巫"，其他人开始取笑我，觉得我荒唐极了。当然，没有人知道什么是真正的荒野女巫，他们也永远不会明白一位荒野女巫能做什么、不能做什么。

现在，很显然，在他们看来，我不应该从一间教室走到另一间教室，而应该变成一只鸟飞过去。

这真不是什么好兆头。

"你干你的事去吧，"我对奥斯卡说，他还有一堂音乐课要上，"待会儿见。"

走开时，他瞥了一眼我的肩膀——好吧，瞥了两眼，最后还是离开了，他非常清楚我们不应该表现得太怪异。奥斯卡失踪了整整两天，因为奇美拉绑架了他。奥斯卡的妈妈仍然坚信我们沉浸在某种幻想角色剧中，认为奥斯卡和我在一起会削弱他对现实世界的感知。她每隔一周就会把可怜的奥斯卡送到心理咨询师那里折腾一顿。

我静静地靠在墙上，试图假装什么也没发生。约瑟芬正努力在我身上找更多的乐子，并且已经忙着通过散播关于鸟和翅膀的故事以及"克拉拉的奇思异想"来逗乐。

　　我表面上努力表现得若无其事，内心里却感到既悲伤又害怕。因为……因为梦中的感觉是如此真实。麻雀的心碎了，它死了。

　　我很害怕，因为……因为我从来没有做过这样的梦。如果这根本就不是梦，而是真的呢？

Chapter 2

第二章

獾和其他动物

春天已经到来了——小麻雀不仅出现在我的梦中，而且出现在现实世界的森林里。洒满雨水的房屋围墙上盛开着黄色的连翘花，阳光从木星公园砾石小路上的水坑中反射出来。我坐在潮湿的长凳上，而奥斯卡则尽职尽责地跟着他的拉布拉多犬武弗，沿着武弗通常的撒尿路线走来走去。小狸懒洋洋地躺在我旁边的长凳上，注视着那条狗，露出了傲慢的神情。

"小狸？"我低声说。

"干吗啊……"它的回答相当慵懒。有时它的声音听起来好像躺在丝绸垫子上舔着奶油的波斯猫，而有时那声音又粗得让人觉得它是在垃圾箱里跟对手打架的最大最坏的流浪猫。今天它的声音是丝绸垫子版的。

"我想……我需要和爱莎姨妈谈谈。"麻雀的事情整天在我脑海里挥之不去，倒也不是占据了所有的时间，毕竟我还有很多其他的事情要做，比如上课、用餐、休息以及闲聊。但是一旦有点儿空闲，那件事就会在我脑海中盘桓。

小狸没有问为什么，直接跳到我的大腿上，嗅了嗅我的下巴、鼻子、眼睛和脑袋，然后把右前爪放在我的肩膀上，把左前爪放在我的眉毛之间。它非常小心，没有露出爪子尖。它曾在那里给我留下了抓痕，从那之后抓痕逐渐变得苍白，现在几乎看不出来了。

"你在干什么？"我紧张地问。

它没有回答。什么也没发生，没有真的发生，只是我脑海中又一次浮现出麻雀死去那一刻的样子，这就已经足够了。我全身颤抖着，一只手捂住心脏，另一只手捂住眼睛。

小狸嗞嗞叫着，毛发倒竖。它的个头儿本来就很大了，和武弗差不多，当它炸毛的时候，就显得非常非常大。它金黄色的眼睛闪闪发光。

"来吧。"它说。

"现在？但是……"

"现在。"

"你知道……奥斯卡，还有妈妈，至少让我……"但是小狸根本不给我争论的机会。我答应过妈妈在去哪里之前会和她打招呼，但是小狸根本不会理解我，或者即使它理解，也并不在乎。

它飞快地跳到小路上，奥斯卡、连翘花和公园周围的建筑物都从我眼前消失了，一切都消失在浓雾之中。这意味着我们已经在荒野之路上了，虽然我仍然可以感觉到屁股下面的长凳。

"小狸！不！"

第二章 獾和其他动物

009

"来吧，现在。"

我的抗议毫无用处。我如果是一个经验丰富的荒野女巫，就能自己决定是否要荒野游离，而且能独自游离。但就目前而言，我甚至找不到去爱莎姨妈家的路。小狸说了现在，那就只能是现在了。

虽然爱莎姨妈住的地方离那条破旧的小路相当远——如果开车去，在非常糟糕的路况下要花上几个小时，但是通过荒野之路，我们只花了一点儿时间。我还没来得及给奥斯卡发一条短信，我们就到了。

"克拉拉！克拉拉！看！我可以自由飞翔！"

一团褶皱的羽毛掠过空中，然后撞在我的肩膀上。

"哎呀！对不起！"什么也不是气喘吁吁地说，"我……不太好……没着陆好。"

什么也不是现在的个头儿大概有猫头鹰那么大。它长着灰褐色的羽毛、短而粗的翅膀，但是没有爪子，取而代之的是人类的手，还有一张神情像迷路的小女孩儿的脸。奇美拉创造了它，所以什么也不是称奇美拉为"妈妈"。这在一定程度上是真的。但是在奇美拉看来，什么也不是只是个失败的试验品，毫无用处，除了"什么也不是"之外，它没有别的名字。它以往大部分时间都待在笼子里，因为奇美拉已经厌倦了它跟着她。什么也不是无法梳理自己的羽毛，而且因对尘螨过敏而经常打喷嚏，眼睛也容易流泪。至少以前它是这样的。

"哇，你看起来棒极了！"我大声说，这是真心话，尽管什么也不是正坐在湿漉漉的草地上，笨拙地拍打着翅膀。

"你这样认为吗？"它说，"真的吗？"

"是的。"我说。它的羽毛光泽亮丽、一尘不染，曾经满是鼻涕和泪痕的胸前早已干干净净。

"你可以飞！"我赞叹。

"是的！"它更用力地在离地面不高的地方挥舞着自己的翅膀，"我有时仍然会喘不过气来，但我会越来越好的。"

汤普飞奔着穿过农场的院子，吠叫着，摇着尾巴，好像一直在期待着我的到来。爱莎姨妈跟在它后面，她不算高大，脚步也不快，但是给了我一个温暖而充满力量的微笑。

"克拉拉！这可真是个惊喜。你妈妈知道你来这儿吗？"

"不……我只是临时起意。"

"发生什么事了吗？"

我摇摇头，"我不确定，就是一个梦，但真的很奇怪，小狸认为这个事情不能等。"

爱莎姨妈眯起眼睛看着小狸。

"为什么不能等呢？"她问小狸。但小狸只是甩了甩尾巴，一副沉默的样子。

爱莎姨妈紧闭双唇。"嗯，"她说，"猫总是自行其是。好吧，你们进来吧。我可以晚些时候给你妈妈打电话。"

爱莎姨妈住的地方几乎没有移动信号，得走到农舍和谷仓后面的山顶才能打电话。她的住处有点儿像个桃花源，位于一个有草地和小溪的山谷里，坐落在树木繁茂的山丘之间，四周有深色的云杉、黄褐色的蕨类植物和山毛榉。

石阶上摆着几碗食物，那是给饥肠辘辘的刺猬准备的。苹果树上到处挂着喂鸟的饲料。而且毫无疑问，这附近肯定有些动物我从来都没听说过。几只灰鸭子摇摇摆摆地走在庭院里，在水坑中扑腾着，几乎没有搭理汤普和小狸。汤普脾气太好了、太客气了，不会给鸭子带来任何伤害。而小狸则认为，攻击鸭子有损它的尊严。谷仓里传出猫头鹰图图打瞌睡的叽叽声，它可能在横梁上睡得正酣。

我跟着爱莎姨妈走进走廊，把羽绒夹克挂在衣架上，脱下靴子。

然后，我注意到另一边，有一张看起来很熟悉的面孔。"卡赫拉在吗？"我问。卡赫拉是爱莎姨妈的学徒，每周大部分时间都在这里上课。

"是的，"爱莎姨妈说，"但她在忙着做作业，在她主动跟你说话之前不要打扰她。"

卡赫拉正坐在客厅的大工作台前，像往常一样，裹着七八件五颜六色的衣服，头上戴着一顶条纹帽子，遮住了她那乌黑的头发。尽管在室内，她还是把自己裹得严严实实的。她双眼紧闭，手里拿着一支铅笔，在面前的画板上写写画画。

我好久没有见到她了。我想我们应该算是朋友。不过去年秋天，当爱莎姨妈开始教我一些荒野巫师的基本生存技能时，我俩并不能和谐相处。卡赫拉领先我太多，她可以做到很多我做不到的事情。对她来说，完成那些我挣扎着做又失败了的事情，就像在公园里散步一样简单，这让我多少有点儿嫉妒。她从不掩饰对我这个"拖后腿"的新手的不满。然而，当我真的需要帮助的时候，她会及时跑来救我，从那时起我们的关系就大大好转了。

而刚刚当我走过她身边时，她却连个招呼也不打，这多少有点儿奇怪。不过她似乎真的没有注意到我们。她手里握着铅笔，一动不动地坐着。

"她在干什么？"我悄悄问爱莎姨妈。

"你不必低声耳语，"她回答，"但不要叫她的名字，因为那可能分散她的注意力。她正在借助那些愿意充当她的眼睛和耳朵的动物练习荒野游离。"

"我以为必须……"我摸了摸额头上的疤痕。小狸抓伤了我，舔了我的血，之后我们就可以交流了。

"我的意思是，她应该需要血液。"我把话说完。

"通过血液结合，可以创建一个不能被切断的联结。

借助动物则不同，只要动物愿意邀请她进入它的感官世界，她就能和它暂时联结在一起。不过她此时只是一个过客。当那种联结断开了，不会留下任何联系，甚至连记忆也不会留下。"

我注意到爱莎姨妈刻意避免提到卡赫拉的名字，汤普也不上前打扰，什么也不是在周围呼扇呼扇地拍打着翅膀，然后笨拙地落在一把光秃秃的扶手椅上。

这时，卡赫拉冷不丁地说："飞行真是很累人啊！"

汤普很熟练地爬上沙发，它在那里拥有一个篮子，但很少用。现在，篮子里有了另一个"居民"，它有着扁平的、黑白相间的脑袋和宽阔的灰色脊背。

"那是獾吗？"我问。

"是的。"爱莎姨妈说，"它被一辆汽车撞了，摔断了后腿，现在已经差不多痊愈了。但它仍然不能很好地照顾自己，因为它很快就要生小宝宝了。"

在我看来，大多数獾都挺小的，但这一只比一般的獾要肥硕一些。它冷冷地看了我一眼，然后蜷缩起来，保护着自己的大肚子。对它来说，我显然是一个不受欢迎的陌生人。

"当然，獾通常在夜间活动，"爱莎姨妈抱歉地说，"它们白天喜欢安静，这样才能安心睡觉。现在，你可以坐下来，并告诉我你为什么来这里了吗？"

我坐在沙发上，挤在汤普旁边，把那个关于麻雀的梦告诉了爱莎姨妈。她一言不发地听着。

"那到底是怎么回事？"我问。

爱莎姨妈侧身望着卡赫拉，她仍然沉浸在那个世界之中。

"这很奇怪，但听起来好像你也在荒野游离。好像你意外地捕捉到了麻雀的思绪，并与之联结在一起了。"爱莎姨妈说。

"你……你是说这是真的吗？不是梦？"

"有可能是这样的。"

我感到自己的胃里和心里一阵寒战。小动物总会死去，这是大自然弱肉强食的法则，作为荒野女巫我就必须接受这一切，但它如果被看不见的凶手杀死则是另一回事。

"爱莎姨妈……"

"什么？"

"嗯……如果事情真的发生过，那么你认为麻雀是被什么杀死的呢？骨头噼啪作响着碎裂，天旋地转，但是麻雀看不见凶手，也没有捕捉到凶手的声音或者气味。"

"我不知道，"爱莎姨妈说，"不过我们最好能找到答案。"

WILD WITCH

Chapter 3
第三章

高 飞

女巫克拉拉之
奇美拉的复仇

"躺下休息一下。"爱莎姨妈说,"你还不习惯这样,不然会被累到极限的。"

我乖乖地躺在爱莎姨妈的客厅里,但是远不像她希望的那样放松。小狸马上蹭到我的肚子上,把爪子伸进我的套头衫里。它传达的信息很清楚:没有它的允许我哪儿也不能去。这很适合我,它的任性意味着它不是一个完美的保镖,但它出现时总是能保护我。

卡赫拉从她自己的荒野游离中回来了。在画板上,她画了一些她闭上眼睛时看到的奇特景色:深邃的山谷和高耸的金棕色柱子,小甲虫眼中的松果,鸫鹟的眼睛透过一片小树枝望见的巨大的枯萎的山毛榉树叶,以及从刺猬眼中看到的布满蚯蚓气味青草的潮湿森林。爱莎姨妈点头称赞她,让她告诉我们她所经历的一切。我认为姨妈并不是为了检查卡赫拉的工作,而是为了鼓励和安慰我,让我知道荒野游离可能是令人兴奋的,甚至是有趣的……这可以从卡赫拉说话时眼睛中的光芒看出来。但是如果我那种无意识的游离真如梦境中那样,随着麻雀的死亡而结束,那么我一点儿也不想再来一次了,特别是当目的地是麻雀落下的地方时。

"试着放松一下。"爱莎姨妈第无数次提醒我。

"我很放松。"我咬牙切齿地说。

"不，你没有，亲爱的。"她苦笑着说，"来吧，咱们试试缬草茶能不能有些帮助。"

我做了个鬼脸。爱莎姨妈的缬草茶很苦，但我还是拿起了杯子。

"我从甘菊茶旁边的那个蓝色小罐里倒了两匙干缬草，"什么也不是急切地大声叫了起来，"我知道怎么弄。"

我又躺下了。缬草茶使我的嘴唇感到刺痛，实际上我开始放松了。确切地说，现在我终于确信什么都不会发生了。我准备像卡赫拉那样借助甲虫、刺猬或鹡鸰四处观光，但显然以我的能力做不到，至少不能故意做到。我打了个哈欠。不，今天没有发生任何事情。

我梦见自己在荡秋千。秋千越来越高，绳子灼烧着我的手掌，但我不在乎。当我向后仰着，踢着双腿想要荡得更高时，我仰起头，直视着蓝天白云，还有一点儿在我视线内的树梢。

"当心！"我妹妹叫了出来，"别那么高！"

我没有妹妹，或者说根本没有姐妹，但我在梦中似乎有一个。

我没有理睬她。我想要荡得更高，离开地面，离开绳索，飞离这里。我想成为一只鸟，这样我就能飞得很远很远。

当秋千在最高点时，我跳了起来。天空是如此蔚蓝，风吹拂着我的头发，如果我想飞，这就是我的机会。我飞了，那是一个灿烂的蓝色瞬间。

然后我重重地摔在地上，感觉好像身体里的每一根骨头都要断了。

"吉米！"

我能听到妹妹声音中的恐惧，但我没有理她。我静静地躺着，努力憋气。我本来可以站起来的——我几乎马上就知道自己没有严重受伤，但我还是静静地躺着。

"吉米，拜托你坐起来。"

妹妹先碰了我一下，然后更加急切地喊："吉米！"

我觉得我已经死了，我再也不在这里了。我是蓝蓝的天空中的白云，现在我飘走了。

我能听到抽泣声。

"你不会真的死了，"她说，"是不是？"

但我仍然屏住呼吸，一动不动。

她放声痛哭。

"妈妈！"她大声喊，"妈妈……妈妈……妈妈……"因为她在跑动，所以声音都结巴了——我能听到她的脚步声，从她的声音中我可以感觉到她很恐慌。

"等等！"我向旁边一滚，"回来吧，我没事……"

过了很长时间她才平静下来。"我以为你死了，"她不停地说，"我以为你死了……"

"克拉拉！"
爱莎姨妈叫醒了我。
"什么？"我说。
"我想你打瞌睡了，也许需要再来一杯缬草茶吧。"
"你做了什么梦吗？"卡赫拉问，"是有关动物的事吗？"
"不，"我说，"只是关于两个女孩儿和秋千的事情。"
"这听起来不像是荒野游离。"
"对，"我说，"我想不是。"
我半坐起来，我几乎可以感觉到卡赫拉的眼睛无聊地盯着我的脖颈儿。她今天很善解人意，没有惹我，但这样反而使情况更糟——现在我既然不能对她发火，那就只好对自己发火了。

为什么我做不到？如果我注定是一个荒野女巫，那么为什么做这些还这么难？既然女巫这件事已经把我的生活搞得乱七八糟，弄得我头昏脑涨，弄得我妈妈心烦意乱，弄得学校里的其他孩子都取笑我，那么我至少也该更像个女巫，比如就像卡赫拉那样才对。

小狸站起来，弓起它的背——它仍然趴在我身上，四只爪子都放在我肚子上。它的分量可不轻。

"下来，"我对它说，"我喘不过气来了。"

它看了我一眼，然后慢慢地、悠闲地、一步一步地走到地板上——不完全出于服从，但至少它确实做出了改变。

"你不高兴吗？"扶手椅上的什么也不是问。它坐在那儿，一只手拿着笔记本，另一只手拿着铅笔，准备写下荒野游离中可能发生的任何激动人心的事情。不用说，这个页面目前还是空白的。

"不，"我说，"只是……厌倦了。"

"我一直觉得自己很没用，"什么也不是伤心地打了个喷嚏，"但是……我确实在练习。"

真让人心碎。即使是什么也不是都能做得比我更好，因为它没有放弃，起码它一直在努力。我突然站起来，獾受到惊吓，立马从狗篮子里向我咆哮。

"你要去哪里？"爱莎姨妈问。

"回家。"

她看了我一会儿。

"是的，"她接着说，"可能这样最好。我们都不想让你妈妈太担心。但我想你明天应该回来，我们可以再试一次。"

"妈妈不喜欢我这样。"

"我知道她不喜欢。她告诉过你不要来看我吗？"

我摇摇头，"她没说这么多。"

WILD WITCH

Chapter 4
第四章
草中的蛇

"嗨，小妞儿，你去哪儿了？"

"和奥斯卡在一起。"这大概不是什么明智的借口，我就更不能提爱莎姨妈了，我们都没有打电话给妈妈。不过我现在已经在家了，不是吗？我非常想闭口不言，因为我知道告诉她实情会让她心烦意乱。在小狸进入我的生活的那天，妈妈最糟糕的噩梦已经成真了。在这之前，妈妈几乎没有告诉过我关于爱莎姨妈的事，我只知道爱莎姨妈是个艺术家，有时我们会看到她的动物绘画作品在商店里销售。那是她的谋生手段——她是一位技艺高超的画家，当然她有得天独厚的优势，那就是能说服大多数动物在她需要的时候配合她。但是另一方面，她是一位荒野女巫这个事实——要不是小狸抓破了我的额头，妈妈不得不带我去她家，我根本就不会知道。我也就可以继续安心上学，也不会这么频繁地处于致命的危险之中。

妈妈拼命想让我过正常的生活。她希望我们继续像往常一样生活，想让爱莎姨妈、小狸和整个荒野世界放过我们。大自然吓坏了她，她总是害怕我会发生什么事。

不过我们达成了协议。多亏爸爸说服了妈妈，允许我去探望爱莎姨妈，条件是我必须告诉妈妈我要去哪里，不说谎，也不能突然消失。这就是我们的约定。

"呃……然后我就顺便去探望了爱莎姨妈。"

妈妈抬起头，把削皮削到一半的胡萝卜全忘了。

"哦，"她说，并努力假装镇定，"爱莎怎么样？"

"她很好，"我说，"她在照顾一只獾，那只獾很快就要生孩子了。"

"是吗？好吧，那太好了。"

这比她对我生气更糟。如果她冲我大喊大叫，我还可以提醒她我们的约定，那就意味着我没有做错什么。然而现在她只是站在那里微笑，同时我能感觉到她真的很沮丧。每当她看起来是这个样子的时候，我内心就会感到一阵刺痛，我拼命地希望这种感觉停下来，我想让她开心起来。

"那么你会回去帮助獾宝宝吗？"她装作若无其事的样子，小心翼翼地问，一只手紧紧地握住胡萝卜，另一只手则紧紧地握着削皮器，却没有再削皮。水龙头还开着，她只是站在那里，手微微颤抖。

"也许吧，"我内心可怕的刺痛感更强了，"或者……不，我应该不会去。我觉得那只獾不怎么喜欢我。"

"是这样啊。"妈妈说，她的笑容变得自然了一些，"话说回来，獾往往脾气很坏。"

我内心的痛苦开始减轻了，我深吸了一口气，刺痛的感觉消失了。

"晚餐吃什么？"我问。

"千层面，"她说，"你愿意帮我一把吗？"

我从抽屉里拿出一把刀，和她一起准备了沙拉。等到烤箱的计时器熄灭了，我戴上厚厚的烤箱手套，把千层面从烤箱里拿出来。面是滚烫的，奶酪里鼓起了密密的泡泡，像熔岩中的气体一样懒洋洋地爆开。

"留神，小妞儿。"妈妈说。

"是的，当然。"

千层面上的蒸气在我面前的空气中跳动。我站在地板中央，手里拿着滚烫的盘子。突然，我目不转睛地盯着蒸气——那里面有东西，那些东西比其他地方透明度要低一些。那是一道粗粗的灰色雾线，落叶上一只麻雀的尸体被彻底压碎了。瞬间我仿佛没有手，也没有腿。我滑过地面，感觉湿润的叶子贴着我的腹部，我好像伸出了舌头以便品尝到周围的香味儿……是的，那骨架上还有几丝肉纤维，不是很多，但是我饿了。我的身体在冬眠后仍然很迟钝，虽然要是能有活老鼠什么的会更好，但死麻雀也是食物。

"不。"我低声说。

但是草蛇不听。饥饿感啃噬着它的肚子，使它忘记了森林地面上的那个禁区。

"克拉拉！看看你拿着盘子在干什么！"

我大口喘着气想要呼吸。盘子从我的手指间滑落，突然间我又有了手，然而我觉得手好像并不是我的。

"克拉拉！"

千层面翻了一下，掉了下来。滚烫的奶酪和肉酱溅到了我的肚子和腿上，烫伤了我，使我立刻从奇怪的蛇身上摆脱，又回到了自己的身上。

"哎哟……"

"小妞儿！快把裤子脱掉！赶紧！"

我只是呆呆地站在那儿，双手戴着烤箱手套，最后妈妈不得不把沾了酱的裤子从我身上剥下来，衣服下面的皮肤上已经被烫出了红斑。

"洗个澡，记得用冷水。"妈妈命令我，"克拉拉，来吧，醒醒神！"

妈妈让我对着腿冲了一刻钟的冷水，我的皮肤仍然刺痛，烫出来的最大的那块红斑还没有完全消失，但已经不那么疼了。妈妈给我涂了一种烫伤药膏，让我感觉更好了一些。

"千层面……"我开口说。

"别担心那个了。"妈妈粗暴地说。

"但是晚餐呢？"

"你饿了吗，甜心？"

"是的，有点儿饿了。"如果说实话，我其实很饿，好像草蛇冬眠的饥饿感在让我的肚子咕咕作响。

妈妈笑了，"嗯，我想这意味着你好多了。我们点一份比萨饼吧。毕竟，我们还有沙拉……"

WILD WITCH

Chapter 5

第五章

松鼠的气味

"那么……你变成一条真正的草蛇了吗？"

第二天，奥斯卡听完我的描述问。

"不，"我说，"只是感觉我就像那条草蛇一样，很奇怪，没有胳膊，没有腿，只用肚子向前蠕动……"

"酷，"他说，"我真想去看看……"

我打了个寒战。"不，你不想，"我说，"尤其是在那个地方……相信我。"

"为什么？"

"因为那里出了问题，就像禁区一样，任何靠近那里的动物都会死。"

"草蛇死了吗？"

"我不知道。在我……或者在草蛇到达禁区之前，我把千层面掉在地上了。"

"但是你认为它已经死了？"

我揉了揉手臂，还是满身鸡皮疙瘩。

"就像那麻雀一样，就是那样。爱莎姨妈说那不仅仅是一个梦。"

学校操场上挤满了尖叫的孩子们。通常我不会留意这些，但是今天这些声音听起来比平常更加响亮，光线也更加明亮。春天的空气似乎影响了我的皮肤，我那可怜的裸露的人体皮肤，没有皮毛、羽毛或鳞片的保护。

"不过，我真的希望我能做到这个……这又叫作什么？"奥斯卡说。

"荒野游离。"

"是的，那个叫荒野游离的东西。你不知道你有多幸运。"

我一点儿也不觉得幸运，我不明白他为什么看不出"游离"的感觉是多么的令人反感。

"那不是我决定要做的，"我说，"事情就这么发生了，我腿上现在还有千层面的烫伤呢。"

他似乎明白了这一点。

"哦，好吧，这显然不酷。想想如果你骑着自行车会发生什么事？一辆公共汽车或者什么东西来了，砰！"

我做了个鬼脸。

"别提了，好吗？"我说。

"好吧，好吧，我就是说说。"

"我希望你别说了。"

"克拉拉，如果你不介意我这么说……你今天状态有点儿不好。"

我站在操场的中间，两臂交叉在胸前，竭尽全力地盯着他。

"有点儿情绪？"我说。

第五章　松鼠的气味

031

"是的，就这么一说，也许这是你们女孩子的事。"

"幻想变成草蛇？"我说，"那样我随时都能和爱莎姨妈说话。"

他甚至连眼睛都没有眨。

"你？"他听起来很兴奋，"那感觉太棒了！"

"你简直疯了。"我说着走向自行车棚。

一群孩子聚集在那里，有些是我班上的，有些是奥斯卡班上的，但是他们既不回家也不去课后俱乐部，而是三三两两地咯咯笑着，或者成群结队地挤在一起，谁也不知道他们到底在做什么。

我穿过人群，曲折地走到停车架前。我的圣诞礼物——那辆崭新的淡蓝色自行车不见了，它本来一直停放在那里。现在，取而代之的是一把扫帚。那是一把老式的扫帚，一束桦树枝绑在一根棍子上，看起来有点儿凑合。

"我还以为你说要赶紧回家呢，"约瑟芬嘲弄地说，"这应该能让你更快更容易回家吧……"

身边传来咯咯笑的声音，现在大多数人都笑得前仰后合。

我的脸颊变热了。

"是的，好吧，非常有趣。"我说，"哈哈哈。现在，我的自行车在哪里？"

"来一圈怎么样？"这是马库斯试图模拟机器人的声音，"我从没见过女巫飞行呢！"

"别招惹她，"奥斯卡说，"这不好笑。"

"请把自行车给我好吗？"我很努力地想以礼貌的方式解决这个问题，但这一点儿也不容易。

然后我的身上开始出现一种感觉——羽毛的沙沙声，强壮的、长长的爪子弯曲着……不！

我费了很大的力气才摆脱这种感觉。不是现在，不要在这里，应该说，在任何地方都不要！

在那一刻，有人从后面抓住我，把我举起来，我的脚离开了地面。

"住手！放下我！"

他们没有。相反，另一只手从上面抓住我摆动的胳膊，把我拉得更高。我感到有什么东西压在我的肩膀上，我疯狂地扭动着身体想逃跑。"她只是需要一条腿。"另一个声音说，听起来比马库斯或同一年级其他男孩儿的声音更加低沉而沙哑。我伸长了脖子，但那个抱着我胳膊的人坐在车棚顶上，我看不清他。即便如此，我也知道是谁了，是小气鬼马丁，那个十年级的刻薄鬼马丁。

马库斯张着嘴盯着我。

"呃……"他结结巴巴地说。

"把扫帚拿给我，"马丁命令他，"让我们看看她是否真的能飞！"

我再也控制不了了。操场消失了，树林在脚下铺开，新鲜的血腥味儿淹没了一切。我爪子里的猎物还在挣扎，它那长长的、红色的松鼠尾巴在左右摇摆，我不得不在气流中绷紧翅膀。我要寻找着陆点，这样我就可以用喙享用猎物，以此减轻我的饥饿感。在那里，那个光秃秃的地方，有一棵树长着光秃秃的枝杈……不！

我试图从翅膀、饥饿和鲜血中摆脱出来。那只鸟毫无预兆地掉落下去，我也跟着一起掉落。我无法控制任何事情，无法抓住任何东西。

不！不！

松鼠从我的爪子中滑落，我尖叫起来，松鼠吱吱叫着。突然，我们四周响起了尖叫声，地面向我飞驰而来，我死定了。我放开猎物，眼看着它落向死亡地带，而在最后一刻，我发现自己又飞了起来，身体也直了起来。我拍打着翅膀飞翔着，虽然没有了猎物，但至少我还活着。

尖叫的声音却没有消失。

我没有飞到任何地方。我躺在地上，望着天空，听到约瑟芬歇斯底里的抽泣，而脸色苍白的马库斯震惊地张大了嘴巴。

"老师！"有人喊。

"我们不需要老师，"奥斯卡咬牙切齿地边说边按手机，"我们需要救护车！"

我感觉很好，已经可以说话了，我想我能在一分钟内站起来，我对此相当有把握。

"我想……"我喘息着说，"我觉得……我不需要……"

——救护车、医院等等，对我来说没有必要。

"对你来说是不需要，"奥斯卡说，"是为他叫的。"

直到那时我才意识到有人躺在我旁边——马丁平躺在那里，非常安静。

WILD WITCH

Chapter 6
第六章
蓝　光

医护人员坚持要把我放在担架上，即使我感觉自己
完全可以在没有帮助的情况下站起来走路。

　　然而，马丁不能。

　　他四肢无力地躺在另一张担架上，呼吸沉重，黑色
夹克的一侧全都湿透了，还闪着光。

　　"他正在失血。"一名护士说。

　　"把他的夹克剪下来。"救护车的医生说。他先用一
只手把氧气面罩给马丁戴上，另一只手扒开马丁的眼睑，
又用一支小巧的手电筒照着看马丁的眼睛，"赶紧给他量
血压！"

　　他们都围着马丁在忙，让我感到自己很碍事，但话
又说回来，我并没有强迫他们把我也送上救护车。我一动
不动地躺着，尽量不打扰任何人。

　　"他是怎么受伤的？"医生问。

　　"自行车棚子旁边有一棵树，"护士说，"也许有些枝
条……再说，他的夹克撕破了不止一处。"

　　"马丁！马丁！"医生狠狠地拍了一下马丁的脸颊，
简直像是一记耳光，"你能听见吗？"

　　但是马丁不能。

"他没有反应，"医生说，"送到医院后，第一时间就做扫描。"

"我们要给他做蓝光治疗吗？"护士问。

"对，要这么办。"

救护人员吩咐了司机，几秒钟后，警报器的呼啸穿透了车流的嘈杂声，我感觉到救护车开始平稳地加速。

一到医院，马丁就被推走了。我最近一次见到他，是在医护人员把轮床推出救护车时，他戴着氧气面罩，脸色苍白中带着青紫。

"你在那儿等着，"一个医护人员对我说，"马上有人来陪你。"

确实有人来了——一个穿着绿色衣服的男人，留着小胡子，眼神疲惫而友好。他戴着一枚徽章，上面写着他的名字：埃里克·汉森。他是个护工。

"嗨！"他说，"你是克拉拉，对吗？我来带你去急诊室，我听说你从屋顶上摔下来了，是吗？"

"是的，或者说差点儿吧，但我觉得我没有受伤。"

"你是怎么差点儿从屋顶上掉下来的？"他眨着眼睛问，"你爬上屋顶的半途改变主意了吗？"

"不，我是说……我还没到屋顶就摔下来了。你知道马丁怎么样了吗？他伤得很重吗？"

"医生现在和他在一起，"他说，"他们会照顾好他的。"

第六章

蓝光

我有些困惑。我平躺在医院的走廊里，被推着和他聊天，这感觉可有点儿奇怪。

　　"我可以自己走路。"我又试图起身。

　　"是的，我当然希望如此。"护工埃里克·汉森说，"但为了安全起见，他们可能会在你再次起来之前给你的背部拍 X 光片，这是给那些从高处摔下来的人检查身体的标准程序。"

　　"我觉得你只是轻微的脑震荡。"急诊医生说，"所以你最好躺在这里，等你妈妈来接你。你觉得恶心吗？"

　　"没有，我只是觉得有点儿奇怪。"我说。

　　"听起来你状态不错，"她笑了笑，迅速拍了拍我的胳膊，"接下来的几天你需要放松，明白吗？至少一个星期内不要去爬屋顶。如果看书或看电视让你头疼，那也不要做。"

　　"好吧，"我已经受够了去解释我其实并没有爬上过屋顶这件事，"那么马丁呢？"

　　"他是你的朋友吗？"

　　"不，我们是同学。"我说。

　　"另一个医生现在和他在一起。"她说完，便匆匆离去，接着去处理急诊队列中的下一个不幸事件了。

　　现在我躺在医院的病床上，幸运的是我还穿着自己的衣服而不是病号服。我很高兴他们没有让我过夜，因为我更愿意回到自己的房间，躺在自己的床上。实际上，我现在的感觉比刚掉下来的时候更糟，或者说我刚刚开始感觉更糟糕，不仅仅是因为头部受到撞击。

我必须弄清楚马丁出了什么事，他是怎么受伤的？为什么我觉得他身上有松鼠的味道？我们为什么会摔下来？

我小心翼翼地坐起来。因为头部的状况，显然我更适合躺着，但我只是有点儿晕，而且 X 光医生已经向我保证我的背完全没问题。我希望自己现在在家里。我真希望小狸在这儿，当它在附近时，我通常会感觉自己更加强大和勇敢。

"当然没问题。"一个黑乎乎毛茸茸的家伙从我床下的阴影中钻了出来。

"小狸！"

我很高兴看到它，情不自禁地把它抱在怀里。它向我发出咝咝声，并把一只爪子搭到我赤裸的手臂上警告我——它可不是件用来讨人喜欢的玩具。

"来吧。"它轻松地跳了下来，踩上了浅蓝色的油毡地面。

"我们要去哪里？"

"去找到那个闻起来像松鼠的人。"

"马丁？但是，他们什么都不告诉我。我至少问了二十次，他们只是不停地说'医生在照顾他'。我不知道

他在哪里！"

"用你的鼻子，"小狸说，好像这是世界上最容易的事，"在医院里找一只松鼠能有多难？"

WILD WITCH

Chapter 7
第七章
猛烈坠落

马丁在重症监护病房，房间里没有窗户，各种机器在安静中哔哔地监测着各种情况。病房内又热又闷，只有一张薄薄的被单盖住了马丁的下半身。他的双臂在身体两侧规规矩矩地放着，看起来有点儿不自然。他的手也不再那么红了，而是苍白的，上面还有斑点，就像鲽鱼的腹部，手上还插着许多管子。

他确实有松鼠的味道，非常强烈。我能感觉到我的鼻孔不由自主地张大，仿佛我是一只兔子。我怎么可能闻到松鼠的气味？而当方圆几公里内都没有松鼠，至少在现实世界里没有的时候，马丁怎么会闻起来像松鼠呢？

"他和你在一起，"小狸立刻回答，"你带他去荒野游离了，然后你把他放下了。"

我低头看着小狸。它宽宽的脸上那双金黄色的眼睛一眨不眨地盯着我。我不知道该说什么，不管那些话听起来多么牵强，我都担心它可能是对的。

"嘿，动物不许进入这里！"

我转过身来。一个穿着护士制服的年轻男子正从走廊对面的一个玻璃隔间里朝我走来。

"动物？"我故作天真地说，同时给小狸一个非常坚定的"消失"的暗示，"在哪里？"

护士停了下来，他弯下腰去看了看马丁的床下——什么都没有，只剩下一团正在消散的荒野迷雾。

"我想我看到了……里面有一只猫，不是吗？"

"在这里？怎么可能有动物进来呢？"

"我想你大概是对的。"他说，"无论如何，这儿不允许孩子进来。"

"对不起，"我说，"我只是想知道他怎么样了……"

"谁？"

"马丁。"我指了指——我不记得他姓什么了，"我们是一个学校的。"

他的目光柔和下来，显得更有同情心了。

"你是他的朋友吗？"他问。

"是的。"我撒了一个谎。

"如果你愿意，你可以和他坐一会儿，"护士说，"但不要碰任何东西。"

"嗯……谢谢。"

我想我现在不能走了，所以我在床边的灰色塑料椅子上坐了下来。

"跟他说说话吧，他也许能听见你的话。"

"哦，好的，我会试试看。"

护士微微歪着头，打量着我。

"你就是那个和他一起摔下来的女孩儿吗？"他问。

我脸红了，我能感觉到热度在我的脸上蔓延。

"是的。"

"屋顶有多高？"

"不算高，只是一个自行车棚。"

"是的，我听说的也是这样，只是他没有你幸运。"

"他怎么了？"

"他的头撞得很严重，肩胛骨折断了，还有两根肋骨也折断了。我们不得不缝合了一些伤口。"他看着我说，"折断肩胛骨并不容易，这就是为什么我一直在想……他好像是从更高的地方掉下来的。"

我想到了翅膀、喙和爪子，还有在空中翻滚的松鼠的小身体，那段坠落的距离比车棚顶到地面的距离要长得多。

走廊里传来一阵试探性的脚步声，一位老妇人穿着一身湿透的米色冬装走了进来。她戴着一顶白色针织帽子，还有与之相配的羊毛手套，双手握着一只棕色手提包。

"对不起，"她说，"我在找我的孙子……"然后她发现了马丁，停了下来。

"您是温特夫人吗？"护士问，"马丁的祖母，是吗？"

"是的。"她说，"他们告诉我……他摔了一跤……他摔得不严重，是不是？"

"请坐，温特夫人，医生马上就来。我们还有一些文件要你签字。你是马丁的监护人，是吗？"

"他和我住在一起。"她心不在焉地说，眼睛从来没有离开过马丁和那些哗哗作响的机器。她的眼睛中含着泪，显得很害怕。

"摔得很严重吗？"她低声问。

"请坐，"护士重复了一遍，"最好等医生来解释……你现在最好离开这儿，小姐。"

当然，后面这句是说给我的。我离开了，但忍不住回头看了看。温特夫人穿着湿淋淋的外套坐在塑料椅子上。她只摘下了一只手套，把手放在马丁的手上，我听见她在跟他耳语，听起来像是"哦，我可怜的孩子，我可怜的孩子……"。

我认识的每个人都怕马丁，至少在某种程度上是这样，甚至奥斯卡也不例外，所以我听到有人叫马丁"我可怜的孩子"觉得很别扭。更别扭的是，这是一位比我高不了多少的老妇人。

我不知道马丁和他祖母住在一起。和他同一年级的人可能知道，但我从来没听说过。在学校里，同学之间彼此了解甚多——比如父母的情况，住在哪里之类的。但是要是每个人都害怕你，也许他们就不会问你太多的问题。

我刚要回到急诊室的床上，就听到有人在叫我。

"小妞儿！"

"妈妈……"

她浑身也湿透了，雨水打湿了她的头发，白色羽绒服也变黑了。医院外面的某个地方可能天还很亮，现在几乎已经是春天了，而且还在下雨。在这里，蓝色的油毡地面、深蓝色的墙壁、荧光灯和到处弥漫的消毒剂气味组成了整个世界。

我依偎着她。

"我找不到你，"妈妈说，"他们告诉我你在这里，但我刚才没找到。"

"现在我在这里了。"

"是的。你还好吗，小妞儿？"

"差不多吧，"我说，"我只是觉得有点儿奇怪。我现在真的很想回家，拜托了。"

在我们开车回家的路上，雨点打在车顶上，风挡玻璃上的雨刷发出吱吱的响声。小狸蜷缩在我的腿上。要把它关进猫笼里需要非凡的勇气，妈妈还没傻到要试一试的地步。

"你饿了吗？"她问。

"我也不知道……"我还是觉得有点儿奇怪，人有可能同时既感到恶心又觉得饥饿吗？

"想吃点儿蛋挞吗？"

我为了她挤出一个笑容。"好吧，如果有蛋挞的话，那么……"我不想让她更担心了。

我们在面包店外面停了下来，我待在车里，妈妈去买东西。

"你是认真的吗？"我问小狸，"你说我是偶然带着马丁去荒野游离的……然后……把他扔了下来。"

我总得说一些我不想说的话。

"难道我经常随口乱说吗？"不，在我认识它以来的这段时间里，它总能准确地表达出自己的意思。

"这是不是我的错？"我问，"马丁和……医院和……一切？"

"错？"小狸好像不知道这个词的含义，"你这是什么意思？"

"错误，我的错误。"我说。

它弓起背，伸了个懒腰，黑色的尾巴刚好擦过我的鼻子，然后打了一个大哈欠，露出粉红色的舌头。

"这又有什么关系？"

我不知道，但这对我来说非常重要。马丁躺在那里，身上插着管子，医疗机器闪着光，一个全身湿透的老奶奶一遍又一遍地念叨着"我可怜的孩子"，这一切够糟糕的了。马丁从车棚上摔下来，伤得很重，即使整件事都是意外，那也已经够糟糕的了。但如果是我把他……

"吱吱吱吱吱……"小狸用猫的方式哼哼着，"人类。"

"但如果是我的错呢？"我问。

"跟你一点儿关系都没有，"小狸说，"或者……"

"或者什么？"

第七章 猛烈坠落

"或者你可以做点儿什么。"

"可是……我无能为力！"

"那么，这就和你无关了。"

但是明明有关的。

妈妈从人行道上半跑着回来，打开门，把一个白盒子塞到我手里。

"拿着这个，"她说，"趁它还没完全湿透。"

她上了车，砰的一声关上了门。

"妈妈……"

"怎么了，小妞儿？"

"这周剩下的时间我都不被允许去学校上课了。"

"没关系，我们在家里也可以玩儿得很开心。"妈妈是一名自由撰稿记者，除了出去采访调研之外，一般都在家工作。

"是的，但是……我在想……如果我想去看看爱莎姨妈，可以吗？"

妈妈的笑容消失了。这很不好，她不喜欢这个，我很清楚这一点。

然后她恢复过来，挤出笑容，仿佛我的那个念头是一件让人发痒的毛衣，她决定穿上来取悦我。

"当然，亲爱的。"她说，"谁知道呢，也许那只獾生了宝宝。"

她为了装出这副高兴的样子做了很大的努力。我内心更加刺痛了，因为我能看出穿着那件"毛衣"让她多么痛苦。

"人类，你们为什么要把事情弄得这么复杂？"小狸说出这话，显然没有指望有人会回答。因为它已经蜷缩在我的腿上，把鼻子藏在尾巴下面，十秒钟后就睡熟了。

WILD WITCH

Chapter 8
第八章
灵魂纠葛

WILDWITCH

艾巫克拉拉②
奇美拉的复仇

　　第二天，妈妈开车载我来到爱莎姨妈家。这花了好几个小时的时间，因为妈妈不想让我从荒野之路过去。

　　"身体不好的时候不要这么做。"她说。实际上，在小汽车里待几个小时我会晕车，这比穿过荒野之路更糟糕，但我决心不提。平心而论，荒野之路挺危险的，如果迷路了，可能会死在里面。但小狸从来没有带错过路。

　　爱莎姨妈出去了，汤普也不在，獾从那个狗篮子里向我们咆哮——獾宝宝还没有出生。

　　"爱莎很快就会回来的，"什么也不是说道，"她只是去树林里给卡赫拉上课。这会儿工夫你想喝杯茶吗？我现在基本可以自己动手做了，我只需要有人帮我提水壶。"

　　"不了，谢谢。"妈妈说，她根本不看什么也不是，"我觉得我最好先回去。"

　　然后，她拥抱了我一下，亲了亲我的脖子，就开车走了。

　　"我觉得你妈妈不喜欢我。"

　　"为什么？"

　　"她甚至不想看到我。"

　　这是真的。妈妈一直在环顾四周，仿佛看到什么也

054

不是的脸就会伤到她的眼睛似的。

"我妈妈不喜欢魔法和荒野世界，"我说，"这让她感到害怕。或者更确切地说，她害怕我出什么事。而你……是荒野世界中非常有特色的一员。"

"你也这样认为吗？"

"人们看着你就知道你来自荒野世界，或者说……"

什么也不是那毛茸茸的眉毛皱了起来。

"那不好吗？"它想知道。

"不，只是……很不寻常。"

"不寻常……"它喃喃着这个词，"那么，我是不寻常的。"

"是的。"我坚定地说，唯恐它又把这当作一件坏事。

它笑了笑，露出洁白的小牙齿。它们比人的牙齿要锋利一些，我想起了那群长着鲨鱼嘴、会飞的姐妹鸟。

"请你帮我拿水壶好吗？"它说。

过了一会儿，爱莎姨妈和卡赫拉回来了，她们身后跟着满身泥泞、十分欢快的汤普。什么也不是兴奋地飞出来迎接她们，"我泡茶了，我泡茶了，我泡茶了……"

"太棒了！"爱莎姨妈说，"克拉拉！很高兴见到你。"

"妈妈开车送我来的。"我说。

爱莎姨妈扬起眉毛。"她现在会这样做了吗？这真是太好了。"这不仅是一种善良，而且是一种近乎英勇的壮举，爱莎姨妈对此心知肚明，"她已经走了吗？"

"她想在天黑之前回家。"

"当然，开车的话这是很长的一段路。"

"趁热喝茶吧。"什么也不是说，"我自己做的！我从架子上拿了茶叶罐，然后我找到了勺子，然后我打开了罐子，然后我用了过滤器，然后我用勺子测量出每杯要用的茶叶量，然后我拿出茶壶，然后……克拉拉帮我倒了沸水。"

"非常感谢。"爱莎姨妈说。卡赫拉翻了个白眼，幸运的是什么也不是没有注意到。"我很喜欢回家后能喝杯好茶。但是克拉拉，你看起来有点儿不舒服，你怎么了？"

"我从车棚顶上摔了下来。"我其实更愿意在卡赫拉回家后再说剩下的事情，可能是因为我不愿意承认自己是一个多么稚嫩的荒野女巫。如果卡赫拉遇到那种情况，她绝不会把马丁丢下去的，她已经完全掌握了荒野游离的技巧。

"哎哟，太冷了！"卡赫拉说，"好想拥抱一下炉子，这里不是春天吗？"

灿烂的阳光下，爱莎姨妈的小花园长满了雪花莲和白屈菜，小溪边的白屈菜正开花。什么也不是看起来有些困惑。

"我还以为已经是春天了呢。"它说。

"的确如此，"爱莎姨妈说，"但对卡赫拉来说，这可能还不够暖和。"

半小时后，卡赫拉的爸爸米拉肯达大师来接她，卡赫拉跑着迎上去。我想，这不仅仅是因为她见到爸爸很兴奋，还因为她非常想回家暖和暖和。

"好了，"卡赫拉跟米拉肯达大师离开后，爱莎姨妈说，"发生了什么事？可以告诉我吗？"

我告诉她关于千层面和草蛇，以及马丁和松鼠的事情。

"护士说要摔断肩胛骨并不容易，"我说，"他们认为马丁一定是从比车棚还高的地方摔下来的。还有，马丁闻起来像那只松鼠！"

"即使在荒野游离回来之后，你也能闻到那种味道，是吗？"

"是的。"

"那应该只有小狸能闻到才对。"爱莎姨妈说。

"不，我也能闻到。"

"让我看看。"

我就坐在她的正前方，她可以看到我，但她在使用荒野感知。她握住我的手，闭上眼睛，开始吟唱一支荒野之歌，这有点儿像让我再照一次 X 光，只不过是用一种诡异的方式。

突然，她放开了我，非常突然地放开了，我的手扑通一声落到膝盖上。她的眼睛睁得大大的，她看上去几乎是在……害怕。

"有些事……"她说，"你内心的某些东西，都和别的东西纠缠在一起，我称之为灵魂纠葛，那就像是一大堆绳结，还有……"

"什么？"

"死亡。不，不仅仅是自然的死亡，而是那种死一样的状态，这整个都是错的。"

什么也不是看上去很害怕。

"克拉拉也全都是错的吗？"它问。

爱莎姨妈没有立即回答。

"克拉拉就是克拉拉，"她终于说，"我们非常希望这种情况继续下去，但是我们最好请波莫雷恩斯夫人来看看。"

"为什么？"我问。波莫雷恩斯夫人人很好，她是一位年长的荒野女巫。当我不得不努力说服乌鸦之母相信我对奇美拉的控诉时，波莫雷恩斯夫人支持了我。不过，我对爱莎姨妈更有信心。

"她在有些方面比我强。"爱莎姨妈说，"你累了吗？你想休息一下还是我们马上走？如果你愿意，你可以骑星辰。"

"让我们赶紧把这件事情了结了吧。"我忧郁地说。

什么也不是看起来很失望。

"那是不是意味着你们不想再喝茶了？"它问。

波莫雷恩斯夫人住在一个苹果园里，离爱莎姨妈的房子不远——我的意思是说，从荒野之路走的话不远，我们只花了几分钟。

苹果树已经开花了，这里比爱莎姨妈家和我在水星街的家还要暖和。在苹果树林中间的草坪上有一些水仙，有些已经开花了。在柔和的微风中，它们美丽的黄色花朵在微微点头。

"这里为什么这么暖和？"我问，"我们没有离家太远吧？"

"我有一种感觉，波莫雷恩斯夫人可能作了点儿弊。"爱莎姨妈说，"但不要告诉任何人。乌鸦之母强烈反对任何人随意改变天气，而且这样做很容易使气候出问题。"她提高了声音，"喂，阿加莎，你在吗？"

波莫雷恩斯夫人出现在一个尖桩篱笆后面，我们这才发现她一直在菜园里。她正戴着印着花卉的园艺手套给黑色的盆栽施肥，绿色裤子的膝盖上沾满了土。

"哦，你好，爱莎，还有克拉拉。很高兴再次见到你，亲爱的。"

"这儿多可爱多暖和啊，"爱莎姨妈眼睛里闪着光说，"你一定很幸运，天气很好。"

"是的，"波莫雷恩斯夫人天真地说，"我们避开了风……"

爱莎姨妈突然认真起来。

"阿加莎，我希望你能帮助我们。克拉拉在荒野游离中遇到了一些困难，有些东西出错了。"

"我明白了，"波莫雷恩斯夫人一边掸去膝盖上的土，一边平静地打量着我，"那我们最好为她好好检查一下。但请先把星辰拴起来，我好像记得它很喜欢苹果花。"

我从星辰温暖的背上滑下来，我们把它拴在菜园外的栅栏上。可能只是我的想象，但我觉得它看起来有点儿生气，于是我拍了拍它的脖子。

"等我们回家，你会得到一份额外的干草。"我向星辰保证。

波莫雷恩斯夫人的房子位于果园的中心，半木结构，茅草屋顶上有点儿青苔。门是苹果绿的，窗帘和地毯也是绿的，当我们走进去的时候，发现里面也是这样的。

"请坐在那里，"波莫雷恩斯夫人指着一把铺着绿色天鹅绒的高背椅子说，"让我看看你……"

她所做的和爱莎姨妈做的一样，只是她唱出来的荒野之歌更舒缓柔和一些。她那双饱经风霜的手很暖和，我开始打哈欠，生怕她再唱下去我会睡着。我的整个身体都在嗡嗡作响，但并不觉得难受，我只是昏昏欲睡。

"哦，天啊，真是一团糟。"波莫雷恩斯夫人说，"在那灵魂纠葛的大杂烩中，根本找不到出路。"

爱莎姨妈摇了摇头。"我也找不到解决办法。那不仅仅是生命之索,也是死亡之索。"

死亡之索……这听起来可一点儿都不好。

波莫雷恩斯夫人弯下腰,把手伸到沙发下面,拿出一个篮子,里面装满了纱线和编织针。她拿出一件还没织完的线衫。毫无疑问,纱线也是苹果绿的,但带有黄色条纹。

"我相信爱莎曾经告诉过你关于生命之索的事。"她说,"你知道它是什么吗?"

我点了点头。所有生物都有一根把它们和世界连接在一起的纽带,如果它被切断了,这个生物就死了。通常这条纽带是看不见的,但你能感觉到它。一个成熟的荒野巫师可以用自己的荒野感知来感受它。

"这往往是一种模式,一种秩序,是我们连接世界和彼此的方式。"波莫雷恩斯夫人说着,略微调整了一下眼镜。"拿着这根纱线。它看起来又密又细,你可能会认为它是由几根绳子搓成的,但实际上它只有一根。"她举起线衫和线球之间的纱线,"但当我现在看着你的时候,我看到的是另外一回事,你看起来更像这个……"

篮子的底部有一堆杂乱的纱线,颜色各异,有白色、黄色、深绿色、苹果绿和粉红色。

"你试着解开那个。"她说着把篮子递给我,"与此同时,我要好好想一想。"

她坐在靠窗的一把绿色摇椅上，从那里可以看到苹果树。她开始前后摇摆，口中哼唱着，手中开始编织，就好像我们不在那里一样。

我皱起眉头，看着爱莎姨妈。

"让她继续干吧，"爱莎姨妈指着纠缠在一起的纱线轻声说，"她有她的理由。"

我拿起深绿纱线的尾端，试着顺着它解开这一团混乱。此时我的心就像这一团纱线，我当然会感到头疼。

我坐在这里难以集中精神，解开纱线变得越来越困难。我越解越乱，这可不是一件容易的事。与此同时，我的手似乎变得冰冷而麻木。我向前耷拉着头，猛地坐了起来，打了个哈欠，再次尝试。这次试试淡绿色的纱线，也许那会更容易……

"哔哔，哔哔，哔哔"的声音传来。

我周围有一阵微弱的响声。我很冷，不仅是手，而是全身都很冷，尽管房间很暖和。我的眼皮越发沉重，手中的纱线变得模糊不清。

"目前他还没有任何反应，温特夫人。"有人说，"说实话，他大脑的某些区域已经停止了工作。我认为我们需要为可能发生的事情做好准备。由于他昏迷不醒，我们很难评估他受损伤的程度。"

小麻雀的骨架躺在枯叶中，枯死的草蛇的皮正在一层一层地剥落。在森林的地面上，在死亡地带的中央，尘土搅动着，移动着，开始形成一个图案。

又是"哔哔，哔哔，哔哔"的声音。

我的翅膀累了，我的爪子几乎抓不住那根树枝，我的头重重地垂在胸前。

我饿了。在经历了一个寒冷的冬天后，我饿得可以吞下整个世界。过来，小鸟，小草蛇。过来，小松鼠，来找我。我饿了……

"克拉拉！"是波莫雷恩斯夫人。她的脸离我很近，双手抓住我的肩膀，"克拉拉，够了！"

"我饿了……"我呜咽着，几乎认不出自己的声音，"我饿了。"

"我马上给你准备一些吃的。"波莫雷恩斯夫人说，"但现在，我想你最好还是不要想这些事情了。"

我低下头，纠缠在一起的纱线不仅没有解开，而且缠得更紧了。同时还发生了另一件事，纱线变成了蜘蛛网一样的灰色，我冰冷的手指沾满了灰色的尘土。

我发出一声轻微的哽咽，试图把纱线扔到一边，但纱线缠绕在我弯曲的、冰冷的手指上，爱莎姨妈不得不帮我解开它们。

"这儿，"波莫雷恩斯夫人说，"来吃这个。"

我根本不知道自己在往嘴里塞着什么。慢慢地，我才尝出带着苹果甜味儿的脆脆的外皮——那是苹果派。最终，我摆脱了体内那些可怕的、空虚的饥饿感。

"发生了什么？"我问，"我怎么了？"

波莫雷恩斯夫人仔细地打量着那根缠结在一起的、满是灰尘的纱线。

"麻雀，"她说，"草蛇，一个男孩子，老鹰，还有松鼠和其他东西。那东西已经死了，但你还是饥饿。"她抬起头，"麻雀和草蛇都死了，老鹰、松鼠和小男孩儿都还活着。我们不能让你松懈，否则他们也会死的。"

"然后呢？"我追问，"怎样才能阻止死亡呢？"

"我需要更多的时间来考虑这个问题。"波莫雷恩斯夫人说。

这不是我想听到的。我想让她说"这是一杯神奇的花草茶，喝了它，然后一切都会好起来的"，但她没有。看起来就像我们给了她一个烂摊子，她不知道怎么收拾。

WILD WITCH

Chapter 9
第九章
新　生

我已经有一段时间没有在爱莎姨妈家睡觉了。

爱莎姨妈家的阁楼现在是我的房间，至少在我去拜访的时候是这样。床边有一扇圆形的窗户，床前有一块旧地毯，头上是倾斜的天花板。我不在的时候，有几个纸箱挪到了一个角落里，但那真的无关紧要，爱莎姨妈家的房间几乎都是这样的。

"里面有什么东西吗？"我指着那些纸箱问。

爱莎阿姨笑了。"没什么，"她说，"只是我的画和一些鸟食之类的零碎东西。你的头怎么样了？"

"还好吧。"本来好点儿了的，可去了波莫雷恩斯夫人家之后，我的头又开始疼了，"我还是有点儿饿。"

"还饿？看来你要快速长身体了。来个三明治怎么样？"

"好的，拜托了。"

一个三明治不够，我吃了三个，不得不又刷了一次牙。当我回到楼上时，汤普正在我的床上舒服地躺着。

"躲开！"我说。

它稍微挪了挪，刚好够我爬到它旁边的羽绒被下面。我本可以让它躺在地板上，但有一只温和的大狗当我的小暖炉也不错，我安心地睡着了。

我醒了，因为肚子饿得直叫。我吃了那么多三明治，肚子应该饱饱的才对。然而，我内心深处有什么东西在呼唤食物，尽管我试图无视它，想继续睡觉，但就是控制不住。

月光透过圆圆的窗户，汤普在我旁边打鼾，鼾声很响亮。我小心翼翼地把左臂从羽绒被中伸出来，看了看表。现在是凌晨三点，我绝对没有理由饿得恨不得吃掉一匹马。

"回去睡觉吧，"我低声对自己说，"忘记食物。"

食物！食物！食物！食物！食物！食物！现在就要！

我忍不住了。我光着腿，脚上只穿着袜子就往外走。阁楼的房间和楼梯都很冷，但楼下的厨房比较暖和。我刚从面包箱里拿起面包，就意识到有另一种气味存在。

等等！那是新鲜的、潮湿的血腥味儿和新生小动物的味道。

我放下面包，又在空气中闻了闻。

这是毫无疑问的。

在客厅里，獾妈妈半坐着，舔着五只闪闪发光的黑色小东西。我的肚子饿得咕咕作响。新生命，新鲜的生命……身上肥嘟嘟的小獾，多汁又饱满——

第九章　新生

067

不！什么？我……

獾妈妈抬起头，嗅着空气。然后它剧烈地扭动着，爬了起来。虽然身体还没有痊愈，可它的喉咙深处咆哮着，月光在它的牙齿间映出了蓝色和白色。

"现在放松点儿，"我尽可能轻柔地低声说，"我永远不会伤害你的孩子。"

生命，新的生命……

我先前的胃口和现在身体里涌起的一股强烈的饥饿感相比，简直是小巫见大巫。我想要吃掉那些小獾，想吞下它们，吃掉它们。我想——不，我没有！

我绝对不想要那种饥饿感！

这是我经历过的最恶心的一件事，它就在我的内心。我不假思索地朝小家伙们走了三步，獾妈妈摆了个防御的姿势，但这没什么意义，小家伙刚出生，獾妈妈还很虚弱，我可以很容易地……

不！不不不……

"走开！"我尖叫起来，"离我远点儿！快走开！快走开！快走开！"

有什么东西裂开了，湿漉漉的，啪的一声，什么东西离开了我。我觉得肋骨被折断了，皮肤裂开了。我不确定自己有没有尖叫出来。一个黑影飞旋在月光下，但我看不出它是什么形状。它只是一团纠缠在一起的、活生生的黑暗，以一种不可阻挡的速度向獾和它的幼崽冲去。

"不！走开！"

我没能阻止它，但是小狸做到了。

突然，小狸变得像一只黑豹那么大，出现在客厅中央，在獾的面前。它发出我听过的最刺耳、最可怕的尖叫，它的爪子像刀子一样锋利。它和黑影厮打在一起，变成了一堆咝咝作响的混杂着打斗声和尖叫的奇怪影子。獾妈妈笨拙地瘫倒在地，我只能站在那里，手压在胸口上，防止心脏跳出来。

突然间，一切都结束了。

小狸没精打采地倒在地板上。它不再像一只黑豹了，而变成了一只瘦弱的猫，皮毛松松垮垮地挂在它身体上，肌肉和脂肪仿佛都被抽干了。

"小狸！"

我跪在它身边，但突然不敢碰它。

"怎么回事？"

爱莎姨妈光着脚，穿着睡衣出现在门口。她看了看獾和小狸，又看了看我。她脸上有一种令人无法忘记的难以置信的表情。

"克拉拉，"她慢慢地说，"你做了什么？"

WILD WITCH

Chapter 10
第十章
至暗之夜

"它死了吗？"

我几乎不敢问，不敢碰小狸，自己也不敢动。

"不，"爱莎姨妈说，"但是它的生命也所剩无几了。"她很小心地抱起小狸柔软的身体，紧紧地搂住它。它在她怀里没占多少地方。

"把水烧开，灌满几个热水瓶，小狸现在像冰一样冷……"爱莎姨妈说。

我跳了起来，心里稍微松了一口气，因为我还能做点儿什么，这样我就不用坐着不动了。思考并记住……不。

什么也不是从它的小窝飞到地板上，甚至比平时还要笨拙，因为它仍然困得迷迷糊糊的。

"发生了什么事？"它问，"谁在尖叫？"

"小狸，"我说，"不，我不想谈，起码现在不想。你能帮我找些热水瓶来吗？"

什么也不是眨了眨眼睛。"我可以帮你找到，"它说，"但我提不动它们。"

爱莎姨妈拿了一个枕头，垫在小狸身下，然后紧紧地抱着它，用自己的体温温暖它。

072

"让我们看看能不能把糖水灌进它的肚子里。"

獾回到篮子里，蜷缩在它的孩子身边，保护它们。它现在似乎平静多了，不再看我了。

我去厨房把大水壶装满了水。我怎么了？我怎么会想到吃獾的幼崽？这个念头太恶心了。

还有小狸……

小狸变成了灰色，瘫软在那里，个子不比一只普通的家猫大。发生了什么事？真的是我吗？还是我内心的某种东西？我对小狸做了什么？

"请不要死。"我低声说，尽管我认为小狸听不到我的话，"请不要……"汤普用鼻子碰了碰我，想要让我拍拍它，或者它只是想安慰我。我把手放在它温暖的大脑袋上，哭了起来。

"我不想变得邪恶……"我对着它柔软的皮毛低声说。

"邪恶？"什么也不是说，然后打了个喷嚏，"邪恶是什么意思？是坏的吗？"

"是的，"我说，"非常非常坏。"

"那我认为你不是。"它说，"热水瓶在书架上的绿色木箱里。"

爱莎姨妈叫我从阁楼上拿来一个旧狗篮——那对汤普来说太小了。但如果衬着一条暖和的毯子、一个热水瓶和一件我的套头衫，那就适合给现在的小狸用了。爱莎姨妈把篮子放在燃着木头的火炉旁边，好让小狸暖和一点儿。可是，当她想用一根稻草把糖水灌进小狸嘴里时，糖水顺着小狸的嘴角流了下来，一直流到它脖子的皮毛上。

"是我找到了热水瓶，我知道它们在哪儿，只是我自己提不起来！"什么也不是说。

"好姑娘，"爱莎姨妈耐心地说，"我很高兴家里能有人知道所有的东西都在哪里。"她为小狸唱了更多的荒野之歌，我终于看到小狸的呼吸变得越来越稳定了。

然后，爱莎姨妈转向我。

"发生了什么事？"她说，她的目光甚至比手术刀都要锐利。说谎没有任何意义。

"我……我太饿了。"我绝望地盯着地板，"爱莎姨妈，我有点儿不对劲。如果不是小狸，我想我会……"

"吃掉小獾，对吗？"爱莎姨妈轻声问，"那些新生的宝宝？"

我惊奇地抬起头来。她怎么知道？

"你怎么知道的？"我低声说。

"在那个灵魂纠葛的地方，某个东西想要活下去。它其实已经死了，或者说几乎死了。它不像普通的食肉动物那样为了吃东西而杀生，而是要带走生命的一切——身体、灵魂、生命力。它最渴望的是生命力，没有什么比刚刚出生的东西更有生命力了。"

"你说……是我做了什么？"

"不，我没这么说。"

"你说了，你问我做了什么。是我的错吗，爱莎姨妈？我是不是变得邪恶了？"

"哦，我亲爱的姑娘。"爱莎姨妈把我拉近，给了我一个长长的温暖的拥抱，她很少这样做，"事情没那么简单。邪恶不是你做了什么或者将要做一件什么大事，而是很多小事情、很多自私伤人的想法、很多邪恶的行为……"

"我不明白……"

"我们的内心都有邪恶，也有善良，以及许多善恶之间的东西。你不会在一夜之间变坏。"

"但我刚刚想做的事太邪恶了！"

"那种饥饿感不是你的。或者更确切地说，它不只是你的。想想那些纱线，这种饥饿只有一部分来自你。但如果你不够强大，饥饿就会利用你。"她把手放在我肩上，看着我的眼睛，"你不能害怕，不能懒惰，不能自私，不能软弱。"

"我是那样的人吗？"

"我没有这样说。相反，我认为如果你愿意的话，你可以成为一个优秀而强大的人，一个非常出色的荒野女巫。现在，此时此刻，我们都需要你这样做。否则……"

"否则什么？"

"否则你会输。然后那个饥饿的幽灵就可以通过你来对付我们。"

我现在不饿了。事实上，我不敢想象自己还会感觉到饿。如果爱莎姨妈是对的，我所做的就是在那种饥饿回来之前争取时间。或者更确切地说，小狸为我打败了它一次。我跪在篮子边，小心翼翼地把手放在小狸的头上。它身体冰冷，不像往常那样温暖。

　　"你是说这是我的错，"我低声说，"因为我不够强大。"

　　"不是这样的，"爱莎姨妈叹了口气，"不是谁对谁错的问题。克拉拉！是要阻止它，找到那个黑影，不管它是什么，让它放了松鼠、鹰、你、小狸，以及学校里的那个男孩儿，让它把偷走的或想偷的所有东西都放了。"

　　"可是我怎么能做到呢？"我几乎是大喊着，"连波莫雷恩斯夫人都不知道怎么做，她说她会考虑的，却没有答案。或者她根本不在乎……"

　　"克拉拉，别这么说！这也不是她的错。"

　　我用一只手揉着脸，手指下的皮肤让我感到十分陌生，仿佛那属于别人。

　　"不。"我咕哝着。但我忍不住这样想，毕竟如果是这样的话，那事情就容易多了。

WILD WITCH

Chapter 11

第十一章

不速之客

我整夜坐在小狸的篮子旁边。爱莎姨妈上床睡觉了，但她定了个闹钟，每隔一小时就响一次，这样她就可以再给小狸唱荒野之歌了。但是她吟唱的时候一次比一次显得更累。

当早晨的阳光开始给黑色的树枝染上绿色和棕色时，我听到厨房窗户边传来咕咕哝哝的声音。我僵硬地站了起来，一只肥鸽子正坐在外面，用喙敲着玻璃。我放它进来，它的一条腿上缠着一张小纸条，上面用绿色的纱线缠绕着。

我不习惯用信鸽，花了几分钟才解开纱线。鸽子把它的喙塞进胸部的羽毛里，显得有点儿恼怒，但还是忍受了我的笨拙。

"咕咕，咕咕。"它抱怨着。

"好吧，好吧，我已经尽力了。"

显然，这封信是波莫雷恩斯夫人写的，外面贴着一枚邮票，还有一个手写的她名字的首字母 P。我匆忙打开那张薄薄的纸。

找出那个饥饿的幽灵到底是谁。

"这样啊，"我边说边不满地看着那只鸽子，"她想了一晚上，就只想出来了这个吗？"

"她不能用信鸽送长信。"我身后的爱莎姨妈说。我根本没听见她进来，不禁吓了一跳。

"她至少可以写写到底怎么找，"我抗议，"还有到哪里找。"

"卡赫拉一到，她就可以带你出发，然后你可以自己问她。"

很明显，爱莎姨妈不能带我去，她不得不和小狸待在一起。即使是像我这样一个半吊子的荒野女巫也能看出，她的荒野之歌是唯一能让小狸活下去的东西。

爱莎姨妈又一次为小狸吟唱了荒野之歌，然后，卡赫拉和她爸爸到了。

"快去叫住米拉肯达大师，请他进来一下。"爱莎姨妈说。

通常情况下，米拉肯达大师会身处迷雾之中，在大门口和卡赫拉道别，就像妈妈开车送我去学校然后在校门口让我下车一样。

当我赶到时，米拉肯达大师正要离开。和往常一样，卡赫拉被五颜六色的帽子、外套和手套裹得严严实实，米拉肯达大师穿着一件驼皮外套，围着一条棕白相间的格子围巾，还戴着一顶看上去有点儿像过去侦探戴的那种老式棕色毡帽。他那双深棕色的鞋子锃亮，散发着鞋油的味道。他看到我时，礼貌地脱帽致意。

"克拉拉，你好吗？"

"不太好。"我有意轻描淡写地说，"事实上，爱莎姨妈想知道您是否有时间进来坐一会儿。"

"当然。"他回答。

原来，爱莎姨妈不只是想让米拉肯达大师看看小狸，还想让他看看我。她把他带到獾的篮子前面，低声对他说了几句话。再笨的人也能明白她在说什么，我羞得双颊通红。

"它怎么了？"卡赫拉问，她蹲在小狸的旁边，"它看上去就像已经不在这个世界了……"

"不要说了！"

"对不起，我不是故意的……"卡赫拉说。

"没关系，但就是别说了。"

卡赫拉抬起头来用那双清澈的黑眼睛看着我。

"我能体会你的感受。"她说。

我不确定她是否真能体会，毕竟她不知道小狸是因为我才躺在那里，几乎失去了生命。

"克拉拉，我们可以出去谈吗？"米拉肯达大师说。

我看看爱莎姨妈，她点了点头。那我除了照办还能怎么办呢？

"很抱歉，外面这么冷，"卡赫拉的爸爸说，"但我需要阳光。"汤普跟在我们后面，往果园里的树丛上撒尿。星辰欢腾着，以为我要给它拿干草。

"不会疼的。"米拉肯达大师说，但是这只会让我更加紧张。

他把一只戴着手套的手放在我的肩膀上，开始吟唱一些听起来和爱莎姨妈的荒野之歌十分不同但又有些相像的歌。我想他大概坚持了十分钟。汤普向我们走来，嗅了嗅米拉肯达大师的腿，但米拉肯达大师根本没注意到。

歌声停下来时，他又看了我一会儿。

"你现在饿吗？"他问。

"不。"

"了不起。"

"为什么？"

"爱莎告诉了我关于獾宝宝的事。"

我也猜到了，即便如此，我还是脸红了。

"我不知道我身上发生了什么……"我说。

"我认为爱莎是对的，她说你身上可能会有不速之客，那可能是一个'重生者'。"

"什么？"

"一个正在努力重新拥有生命的人。"

"鬼魂吗？"

"不一样。你所说的通常是，一个人死去了，但他的灵魂仍然在世界上行走。"

"这不是同一回事吗？"

"不，'重生者'不满足于只有精神或者只做个幽灵。他们想复活，拥有身体和一切。"

波莫雷恩斯夫人说过我的灵魂纠葛中有什么东西死了，并且很饥饿。我不禁战栗起来。

"这是可能的吗？"

"很不幸，完全可能，如果饥饿者得到了足够的生命。"

"这个饥饿者想要我的生命吗？"

"他更像是在试图通过你进入生命。当你用简单但却出奇有效的咒语把他赶走的时候……"

"走开？"

"是的。当你这样做的时候，小狸攻击了他并把他拉开了。"

"小狸去哪儿了？"

"就我所知，小狸陷入了灵魂纠葛之中。现在它在控制那个饥饿的幽灵，只是你不知道罢了。你有一个非凡的荒野伙伴。"米拉肯达大师说，"这就是为什么小狸成了这样，变得那么的软弱无力。"

听到这些话，我的心就好像在被人用冰镐猛击一样。

"我想是这样。小狸和饥饿者正在对峙，这就是为什么你不再感觉饥饿。但是斗争如此耗费精力，以至于它几乎没有足够的力气活下来。还有……"

"什么？"

"我很抱歉但不得不告诉你，它快坚持不下去了。"

泪水刺痛了我疲惫的双眼。

"我能做什么？"我说，"我能做些什么来拯救它？"

"卡赫拉和我现在带你去见波莫雷恩斯夫人。你必须自己设法回到爱莎这儿，因为我必须从那里去别处。"

"去哪里？"我问。这不是很礼貌，毕竟人家要去做什么不关我的事，但是这次也可能真的和我有关。

不过至少他回答了我。

"我需要和乌鸦之母谈谈。"他说。

"关于我？"

"关于你，还有其他事情。"他说。

WILD WITCH

FA-AI

Chapter 12
第十二章
随身粉

波莫雷恩斯夫人坐在屋前的阳光下，大腿上放着一个篮子，正忙着把种子放进自制的信封里，信封上面用她整洁的老式字迹写着菠菜、万寿菊等等。我和卡赫拉走近了，她抬起头来。

"你看起来很严肃。"她说。

"我爸爸认为克拉拉已经被一个灵魂入侵过。"卡赫拉说。

波莫雷恩斯夫人噘起嘴。

"一个灵魂？"她接着说，"那事情就很严重了。"

怒火忽然间涌上我的心头，我并不完全确定这怒火是从何而来，但肯定与事情发生后大家细心的观察、阴郁的假设以及焦虑的面孔有关。我受够了被调查，更让我感到厌烦的是，某种幽灵似乎要通过我卷土重来。到底是谁决定让我像个大弹球似的，让每个人，不管是活着的还是死的，只要他们愿意，就可以把我扔来扔去的？！

"告诉我，我该怎么做。"我说，"小狸快要死了，我再也受不了了，我必须做点儿什么！"

波莫雷恩斯夫人又给了我一个仔细审视的眼神，我已经受够了。

"终于，"她淡淡地笑了笑，"我相信你已经准备好了。"

"准备好了吗？"我咆哮着，"准备什么？！"

"克拉拉，亲爱的，你从小就是这样长大的。你一直在反抗，这不足为奇。但当你内心的某样东西不断地往另一个方向拉你时，你很难成为一个出色的荒野女巫。"

"请告诉我怎样才能救小狸。"我说。

"答案并没有改变，你要找出饥饿的幽灵是谁。"

"但是到底怎么找？"

"现在你只是想找个人出气，我能理解。但你需要从自己的内心寻找答案，并不是所有的敌人都能从外部被击败。"

我真想狠狠摇晃她那娇小温柔的身躯，摇到她点头为止。我没有那样做，因为脑海里有一个微弱的、疲惫的、怀疑的声音在问：那个如此生气的人是不是真的我？愤怒是否像之前的饥饿一样，是从灵魂纠葛中渗出的？

我想波莫雷恩斯夫人既能看出我的愤怒，也能看出我的怀疑。

"跟我进来，"她说，"我有东西给你。"

原来是一个银色的小圆罐子，盖子上有一弧新月。

"打开的时候要小心。"她说。

我照她说的做。罐子里装着一种淡绿色的粉末，它的香味儿既温和又浓郁。

"这是什么？"我问。

"随身粉，拉丁文里的意思是'跟我来吧'，它将给你带来生动的、让你受益良多的梦。"

"为什么叫这个名字？"

"我想最初这只是一个玩笑，是一个非常疯狂的玩笑……我想这个东西会带你进入梦乡，不管你愿不愿意。其他人就叫它'梦尘'。"

我疑惑地打量着那只小小的圆形锡罐。

"这是安眠药吗？"

"不是，它不会让你昏昏欲睡。它影响的是你的梦，而不是你的睡眠。有些人用它来让荒野游离变得更容易、更敏锐、更有洞察力。"

"这就是你把它给我的原因吗？"

她给了我一个温和而尖锐的眼神。

"你不是真的要去游离。"她说，"你不是向外走，而是向内进入灵魂纠葛。你需要找到属于饥饿灵魂的线索并跟随它——如果你敢的话。"

如果我说自己没被吓得半死，那我就是在撒谎。我没有任何冲动去寻找那个恶心的、贪得无厌的黑暗家伙。

"为什么？"我说，"我以为我们是想让他消失，而不是去寻找他。"

"你不找到他就无法让他消失。"波莫雷恩斯夫人耐心地说。没错。"那么我该如何使用这些东西呢？"我问。

"把你的指尖浸在梦尘里，然后用它擦一擦你的眼睛，就像这样。"她用一根温暖的食指碰了碰我的额头，然后轻轻地抹了抹我的眉毛，一直抹到我的鼻尖上，"但请记住，只用一点点。"

我的指尖在颤抖，整个手也一样，但我还是蘸了一点儿绿色的粉末照做了。

几乎就在一瞬间，眼前的世界消失了。

第十二章　随身粉

WILD WITCH

Chapter 13

第十三章

洞穴

"吉米？"

我打了个哈欠，揉了揉眼睛。为什么我这么困？

"吉米，你有足够的时间休息！来吧！"

伴随这个不耐烦的声音而来的，是一个尖锐的胳膊肘儿的推搡。

"好吧，好吧……"

我慢慢地站起来，掸掉裙子上的苔藓和树叶。阳光照在树干之间，炙热地烘烤着大地。昆虫在我们周围嗡嗡叫着，在天黑之前我们还有很多时间，但是我们必须按时回到学校。

帕沃拉走在我前面的小路上。和往常一样，她那灰色的校服和光亮的黑发一样整洁无瑕。只有我的膝盖上有苔藓，头发上还有树枝。我希望能像帕沃拉一样聪明、迷人、完美，但我不是。我不知道她为什么还要跟我做朋友。

松枝在我头顶上沙沙作响，一只小麻雀像松鼠一样飞快地从树干上蹿下来。它停在我的手上，转过头来面向我。

我站着一动不动。小麻雀转了半圈，平静而安详地看着我。我感到胸口一阵渴望的疼痛，但我强忍住了。我再也不会那样冲动了。

"吉米，快点儿，不然我们要迟到了……"

"我来了！"——等等，停一下。突然间我犹豫不定起来。发生了什么事？我是谁，帕沃拉又是谁？我的名字不是吉米，我的名字是……

然后我的疑虑烟消云散了。我当然是吉米，不然还会是谁？帕沃拉是我在奥克赫斯特学院最好的朋友。自从我两年前来到这里，她就一直陪在我身边。当时我还是个新生，头脑又笨，谁也不认识，也不知道该坐在餐厅里的什么地方。就在那时，帕沃拉对我笑了笑，指着其他人都坐着的长椅对我说："你可以坐在这里。"

现在，她正走在我前面的小路上，她那黑色的马尾辫随着每一个急切的脚步而上下摆动。

"远吗？"我问。

"相当远，这就是你需要赶快走的原因。"

"我们能不能作弊？"

帕沃拉停下来，转过身，"作弊？你的意思是使用荒野之路？"

"是的。"我的腿又开始累了，我感到昏昏欲睡，身体软弱无力，好像生病了一样，也可能只是因为天气太热了，但我不想在松林里跋涉几个小时，只为看看帕沃拉的"秘密"。

"你知道，嗅嗅总是能辨别出荒野迷雾来的。"她说。

嗅嗅是女校长的荒野伙伴，一只老腊肠犬。无论我们多么小心，它都有一种独特的能力，即使是最微弱的荒野迷雾它也能察觉出来。奥克赫斯特学院的学生可以在学校操场上自由活动，但是除非得到特别许可，否则不可以进入荒野之路。

"那条狗很讨厌，"我说，"我希望它被一根蠢骨头噎个半死。"

"吉米，别那样说。我知道你不是认真的。"

她错了，我就是认真的，但我无法向她解释。帕沃拉不仅长相漂亮，而且对几乎所有的动物都和蔼可亲。她是那种宁可把苍蝇轰到一边也不愿把它打死的人。

步行花了我们整个上午和下午的大部分时间，我们一直走到了海边。到达那里后，帕沃拉坚持要爬过两块岩石之间的一条又黑又臭的裂缝。

"帕沃拉，这太难闻了。"

"这只是海藻。快点儿，我们快到了。"

然后我不得不在接下来的一个小时里爬啊爬。

她的秘密原来是一个山洞。在某种程度上，我可以理解为什么帕沃拉对它如此自豪。如果再年少一点儿，我可能也会认为发现一个秘密洞穴是件令人兴奋的事，而且从它顶部的裂缝中透出的光线似乎有一种魔力。但重点是，我们已经浪费了多半天宝贵的休假时间到了这里，走回去还要花同样长的时间。

"好了，帕沃拉，我们现在可以回学校了吗？"

帕沃拉看上去有些扫兴，我感到一阵内疚，但什么也没说。

"还有更多呢，"她说，"不仅仅是山洞。"

"还有什么？"

"这儿，"她说着，开始清扫洞穴地面上的沙子，"帮我。"

我叹了一口气。一旦帕沃拉下定决心，谁都无法阻止她。我跪下来，开始掸沙子。

沙子下面有东西，我用荒野感知感觉到了。我变得更加兴奋，不再担心弄脏或弄破自己长长的指甲——这是我和校长争执的另一件事。"这样的长指甲是属于猛禽的，而不是人类的，吉米。"她总是这样说，并强迫我把指甲剪短。这样我就又得从头再留。

洞穴里沙子下面的地面是平的。除了……

"那是转轮。"我低声说。它有许多名字：太阳之轮、十字轮、生命之轮。但对于一个荒野女巫来说，它只有一个意思：一切，整个世界，整个宇宙。"它怎么会在这里？"

"我不知道，"帕沃拉说，"它一直都在这里，至少在我家人的记忆中是这样。但是我们不应该把它给任何人看。"

"为什么不呢？"我用食指沿着转轮的圆周打转。它很大——是我见过的最大的一个，大概有七八米宽，中间有四个轮辐和一个轮毂。

"这不是世界上唯一的转轮……"

"确实不是，但它很特别。"

"为什么？"

帕沃拉犹豫了。"我还什么都不知道，他们说我的年龄还不够，等我十五岁的时候才能告诉我。听说那是很久以前的事了。我所知道的就是，它十分古老，也非常重要。"

我知道的还不止这些。我能感觉到这个洞穴里有某种东西，有一种力量在等待释放。我知道这需要付出什么……

我毫不犹豫地迅速用一根长指甲划过左手的掌心，然后用力握紧左手，血立刻流出来，不多，但已经足够了。

"你在干什么？"帕沃拉惊慌地叫，"不要，这很危险！"

我根本没听进去，而是几次握紧自己的手，让血滴到转轮中心的轮毂上，那是它的心脏。

什么也没发生，至少没有马上发生。

帕沃拉跪在地上，连忙把血擦掉。这一次，她整洁的校服不再是一尘不染的了——她的袖子上有我的血渍。

"吉米！"她说，"我不应该把你带到这里来。"

"为什么不呢？"我说，"什么也没有发生。"

我突然明白了为什么，我的血不合适，要使这个转轮旋转，需要一种非常特殊的血液。我心里有什么东西在蠢蠢欲动，那是一种饥饿感，不是普通的对食物的渴望，或者起码不止如此。那是对生命和力量的渴望。我低下头，吮吸着手掌上的血。这有一点儿帮助，但我知道我还想要更多。

"请不要告诉任何人，"帕沃拉紧张地看着我说，"你不会的，是不是，吉米？你不会告诉任何人的，是吗？"

"当然，"我说，"我不会。"

在那一刻，我知道我和帕沃拉不再是朋友了。她总是那么温柔，那么忠诚，所以要了解眼前的事情需要一段时间。我却能够很清晰地感觉到，我们之间发生了一些事情，一些暴力、寒冷和黑暗的事情。其实我现在已经一千岁了，而她还只有十四岁。我不打算透露这个洞穴的秘密。我并不想让其他人知道它在这里，以及它包含了什么，我知道就够了。

"吉米？"

"怎么了？"

"你的手疼吗？"

"不疼。"

我舔了舔伤口，血液已经开始凝固。帕沃拉看着我。

"我不应该把你带到这里来。"她又说了一遍。

她可能是对的。

WILD WITCH

Chapter 14
第十四章
奥克赫斯特学院

我能听到周围传来咕咕的叫声。我正仰面躺在波莫雷恩斯夫人的一条旧被子上，四五只鸽子在我周围乱窜，啄着草叶和树枝，毫不理会躺在它们中间的那个女孩儿。

　　我慢慢地坐了起来。

　　我不是吉米，这一切都是一场梦。

　　卡赫拉和波莫雷恩斯夫人坐在花园的长凳上。

　　我一动，卡赫拉就跳了起来，几只恼火的鸽子拍打着翅膀。

　　"怎么样？"她说，"发生了什么事？"

　　"没什么。"我摸了摸头发，是克拉拉的头发，"不是真的……"

　　"你这是什么意思？"

　　"我刚刚做了一个关于两个女孩儿的梦，与灵魂无关，"我感到既奇怪又陌生，"只是梦见两个女孩儿发现了韦斯特马克下面的洞穴。你知道的，它就在珊妮娅家那里……"我看着波莫雷恩斯夫人。她当然认识珊妮娅，去年秋天她俩都曾帮助我对付奇美拉，但我不确定她是否曾经去过珊妮娅童年的家。

　　"我听说过，"她说，"你梦里发生了什么？"

我告诉他们关于吉米和帕沃拉的事，波莫雷恩斯夫人聚精会神地听着。

"这一定很重要，"她说，"比你想象的要重要得多。"她把篮子里的种子倒在盘子里，还把一些看起来不够饱满的种子拿了出去。每次她把种子扔在地上，鸽子就会拍打着翅膀像抢面包一样争抢。

"傻鸽子，"她责骂它们，"好像旁边没有足够的食物似的。"然后似乎停下了思考。

"请再跟我讲一遍。"她说。

"所有吗？"我问，感觉有点儿不知所措。

"不，只讲山洞里发生了什么。"

"但是……什么都没发生。女孩儿们掸去沙子，看着转轮，吉米试着把自己的血滴到它上面，但是并没有起作用。这血液不对。"

"这就是一切吗？"

我努力尝试着解释吉米的那一部分，她突然知道她和帕沃拉不再是朋友了。我不明白为什么，但吉米认为这是非常重要的。

"吉米……我的意思是，她什么都没说，她只是在想，她们已经分道扬镳了，或者类似的事情。她太老了，不能和帕沃拉交朋友，而且她还有其他更重要的事情。"

波莫雷恩斯夫人眯着眼睛看着我。"是的，问题是什么是'更重要的事情'？"她若有所思地说，"卡赫拉？"

"怎么了？"

"你知道怎么去奥克赫斯特学院吗？"

"沿着荒野之路？"

"是的。"

"那很容易，我和爸爸去过三次。"卡赫拉说，"他曾经想把我送到那里求学，当我妈妈……"她的笑容渐渐消退了，但是显然要鼓起勇气说下去。

"我的意思是，当她再也不能负责我的训练之后……不过最终，我决定和爱莎一起学习。"

我从来不知道卡赫拉的妈妈到底发生了什么事，只知道她不再和卡赫拉以及米拉肯达大师住在一起——卡赫拉从来没有说过其中原委，现在问可能也不是个好时机。

"吉米和帕沃拉是非常特殊的名字，"波莫雷恩斯夫人说，"我想你应该去拜访一下奥克赫斯特学院，问问那里有没有人认识她们。"

"我独自一人去？"我说。

"不，"波莫雷恩斯夫人说，"和卡赫拉一起。"

这不是我的意思，波莫雷恩斯夫人也知道。但我没有勇气补充说，我想要和一个成年人一起去。

"这样做真的能救小狸吗？"我反问。

"我只知道如果你不去，就很难救它。"波莫雷恩斯夫人回答。

奥克赫斯特学院看起来更像一座城堡而不是学校，至少我是这么认为的。但是，我以前从没见过荒野巫师的寄宿学校，也不好做比较。它没有塔楼林立，也没有护城河环绕。它建在湖中的一个半岛上，还有堤坝，这里在很久以前一定是城堡防御工事的一部分。现在，这里看上去安安静静、郁郁葱葱，点缀着古老的橡树，灰色的绵羊在山坡上吃草。

"这里真是令人印象深刻，"我说，"你为什么不想来这儿呢？"

卡赫拉犹豫了一下。"我觉得自己很难融入，而且在爱莎那里做学生更容易。"她耸耸肩膀，抖了抖条纹围巾，"再说了，这里的费用相当贵。我想，选择和爱莎一起学习能让爸爸松口气。"

提起钱，我想起了一些事。

"奥克赫斯特学院不就是珊妮娅不想去的那个学校吗？"我问，"我是说，当珊妮娅的艾比姑妈去世时，奇美拉让每个人都相信艾比已经把韦斯特马克卖给了她，这样珊妮娅就只能来这里了。"

"是的，没错。这是一所很好的学校，但是我能理解为什么珊妮娅没有融入其中。"

"虽然珊妮娅只在这儿待了三个星期就跑掉了，他们还是收了所有的钱。"我说，突然间觉得这里平静的河堤和爬满常春藤的围墙也充满了冷酷和敌意。

"这太不厚道了，你不觉得吗？"

学校有一道栅栏和一扇门，门是开着的，我们径直走了进去。

学校正在上骑术课，但这和我所知道的任何骑术课都不一样。学生们骑的不是懒洋洋的小马驹，而是两头麋鹿、一头小母牛、一头水牛、一头野驴和一头牡鹿。学生们骑在这些动物的背上小跑，没有用到任何鞍子或者缰绳。

"请沿着那条长长的对角线。"骑术教练命令。她是一位白发苍苍的女士，穿着绿色的夹克和裙子，脚上穿着满是尘土的高跟鞋。"纳迪亚，快点儿跑！"

这句话似乎是对水牛背上的那个女孩儿说的，因为她竖直了身子，用脚跟踢着水牛。水牛皱着眉头，摇着头，突然停了下来，紧跟在后面的野驴差点儿撞到了它又宽又黑的屁股上。

"不，不，不，纳迪亚，不要用你的脚！看在老天爷的分上，动动脑筋吧。如果你不好好跟它说，它当然会生气的！"然后她发现了我们，"你们好，姑娘们，我有什么能为你们效劳的吗？"

"我们有个口信给校长。"卡赫拉说。

"我明白了，"骑术教练说，"纳迪亚，看在老天爷的分上，让它再来一次！"然后她转过身，对我们说，"好了，你们可以走近了。"

"呃，您就是……"

"校长？是的，我就是。艾德米娜·斯特恩。等等，我想起来了，你是米拉肯达的女儿吧？但我不认识你。"她用尖尖的手指指着我。

"克拉拉·阿斯克，"我尽可能有礼貌地说，"爱莎是我姨妈。"

"哦，是的，她当然是。姑娘们，带着这些动物遛五分钟，然后把它们放回牧场。今天就到这里吧。稍后我们直接讲生育心理学和如何照顾幼崽。我讲清楚了吗？"

"生育心理学？"我低声对卡赫拉说，"那到底是什么？"

显然，我的声音不够低，因为斯特恩夫人挑起了眉毛，"是什么？孩子，爱莎什么也没教给你吗？哺乳动物的性格与蛇或者蜥蜴的心理有着天壤之别。哺乳动物的性格让它们的后代和母亲之间建立了一种更亲密的联系。坦率地说，这是荒野女巫应该了解的基本常识！"

"我不是……我是说我没当多久的荒野女巫，"我结结巴巴地说，"别怪爱莎姨妈！"

也许是斯特恩那双冷冷的灰眼睛，也许是她的姿态和举止，总之她身上的某种东西让我紧张，我顿时口吃起来，脸一下子就红了。斯特恩本来就是"严厉的"的意思，这位女士真是人如其名！又或许因为知道她是校长，我觉得自己好像是被送到了校长室，因此感到非常尴尬。

"你们学校有两个女孩儿，"我很快地说，"吉米和帕沃拉。"

　　当我提到这两个名字的时候，严厉的斯特恩夫人突然显得有些犹豫了，她的脊梁似乎也不再那么坚挺了。

　　"我们没有这两名学生，"她说，"现在没有。"

　　和我一样，卡赫拉也从这暗示中找到了答案。

　　"但是原来有过？"她问。

　　"我们进去吧，"斯特恩夫人说，"来说说这件事。"

Chapter 15

第十五章

斯特恩夫人

"这就是她们。"校长指着一张褪色的照片说，"吉米和帕沃拉是朋友，从吉米来这里的第一天就是，直到……好吧，直到吉米出事了。"

卡赫拉和我同时向前靠，想好好看一看，以至于差点儿把头撞在一起。那确实是她们，照片中一排寄宿学校的女生，都穿着灰色的裙子和白衬衫，看起来和其他学校的学生没什么两样。

帕沃拉可能是最漂亮的。吉米则有点儿过于瘦削，她五官端正，有一头普通的棕色短发。

"出了什么事？"卡赫拉说，"我的意思是，吉米出了什么事？"

女校长叹了一口气。

"我想她从来没有真正融入这里。"她说，"她在某些科目上很有天赋，而对其他科目却完全不感兴趣。我不得不一次又一次地提醒她：她在这里学习是有一定条件的。她在一次比赛中获得了奖学金，所以她没有花一分钱就来到这里，条件是她要'通过勤奋学习和努力工作使自己脱颖而出，为他人树立榜样'。不幸的是，她的行为并不总能达到模范标准。她讨厌被纠正，当我这样做时，她非常生气。她和我的关系不太好。然后，就出了大问题。我猜那是可怜的嗅嗅死去的那个夏天，那时吉米十五岁。再过一年，她就可以获得奥克赫斯特学院的文凭离开这里了，但事与愿违。"

"嗅嗅？"卡赫拉问，"嗅嗅是谁？"

我没有告诉卡赫拉那个梦的这一部分，所以卡赫拉认为嗅嗅是另一个学生。然而我记得非常清楚，吉米讨厌那只嗅觉敏锐的小狗——"我希望它被一根蠢骨头噎个半死。"吉米曾说。

"嗅嗅是我的小腊肠狗，"校长说，"我亲爱的朋友……我真的非常伤心。"

"发生了什么事？"我问。

"它失踪了。"校长说。我们看得出来，即使是现在，这么多年过去了，想到这件事仍然让她很痛苦。"我们直到一个星期后才找到它，或者更确切地说，是找到了它的尸体。那一定是狐狸什么的干的。可怜的小嗅嗅。"

这虽然很糟糕，但听到那条狗不是被一块骨头弄丢了性命时，我松了一口气。

"它是你的荒野伙伴吗？"卡赫拉问。

"不，不完全是。在奥克赫斯特学院，我们认为学生不应该在自己的性格完全形成之前就找荒野伙伴，但有些学生觉得这个规则很难遵守，尤其是那些在来这里之前就已经找到荒野伙伴的人。这就是为什么很少有老师会保留

艾巫克拉拉②
奇美拉的复仇

自己的荒野伙伴，我们不想挑起争端。"

我想到了小狸，感到一阵恐慌。没有小狸，我不知道该怎么办。

"为什么不能在这里拥有荒野伙伴？"我问。

"就像我说的，我们认为，学生的性格最好是在不随便受到什么动物影响的情况下发展成熟。"

随便什么动物？！我难以置信地摇了摇头，这就是荒野巫师的学校？！难怪珊妮娅逃走了。

"所以吉米到底哪里出错了？"卡赫拉尖锐地问，提醒这位校长我们访问的真正目的。

"她们一开始只是有些小违规，从厨房里偷食物。我们安排了一个保安，吉米被当场抓住。然后，她开始强迫别的学生给她买食物或糖果，也会偷果园里的水果。有一次，我们发现她偷了一只蛋鸡。当嗅嗅发现时，她正在森林里的篝火上烤着它。当我们问她为什么这样做时，她除了含糊的借口什么都没有说。当我们追问她时，她只是说她饿了。但我向你保证，学校给学生提供了合适而充足的食物。我们甚至请了一位医生给她做检查，以便弄清楚问题出在哪里。但她身体非常健康，尽管就她的年龄而言，她的体重偏轻。"

我的后背一阵发凉，胃里开始刺痛。"找出饥饿者是谁。"——波莫雷恩斯夫人是这么说的。看来吉米比普通人更容易感到饥饿。这一切都是从那天开始的，从帕沃拉带她找到韦斯特马克的洞穴那天。

我俯下身看着照片，研究帕沃拉的面部特征，看她有没有让我想起什么人。

"帕沃拉是不是来自韦斯特马克？"我问。

"是的。"校长说，"后来发生的事情是一场悲剧，她和丈夫在荒野之路上失去了生命。太可怕了，她是个很有天赋的荒野女巫。"

"他们有孩子吗？"我问，尽管我很确定自己已经知道答案了。

"有个女儿，"她说，"珊妮娅，她在这所学校上学的时间很短。"

确实很短，我想，但没有大声说出来。

"那吉米呢？她是从哪里来的？"

"森林谷附近的一个村庄，叫什么斯文斯特德之类的？"

"林斯特德。"我不知道怎么就自动纠正了她。

"是的，没错，林斯特德，离这儿不远。最后，我们不得不开除她，不能再那么继续下去。我不知道她发生了什么事，但我想她最后应该是回家了。不出所料，她后来再也没有出现在同学聚会上。"

WILD WITCH

Chapter 16

第十六章

村　庄

林斯特德离奥克赫斯特学院只有七八公里，女校长提出借给我们两匹学校的驼鹿代步，但我们还是骑了两辆自行车。

　　"是奇美拉，"我们骑车穿过学校大门，卡赫拉说，"你知道的，对吗？"

　　"怎么可能？"我反对说，"'重生者'肯定是已经死了的人。据我所知，奇美拉没死。"

　　"你确定吗？"

　　严格地说，我不太确定。我不知道奇美拉在过去的几个星期里发生了什么事，因为我在韦斯特马克把组成她翅膀的鸟儿的灵魂赶走了。

　　"你用什么咒语叫她走开的？"卡赫拉问。

　　"没什么特别的。我只是让她消失，永远离开。"一个冰冷的念头浮现在我的脑海中，"这足以杀死一个人吗？"

　　卡赫拉想了想。"那要看你的意思，"她说，"你是想让奇美拉永远从世界上消失吗？"

　　"我不这么认为。我只是想让她离开我的生活，让她从哪儿来回哪儿去。"

　　"你不想让她死？"

"不！"我说，"我发誓！"

"只是有太多巧合。"卡赫拉叹了口气，"我的意思是，那女孩儿的名字叫吉米，她知道韦斯特马克的山洞，她的指甲是不是有点儿问题？"

"她喜欢留长指甲。"

"这就对了，奇美拉的指甲至少有十厘米长。"

"是的，好吧。"

"所以我们为什么不回到爱莎那儿告诉她？"

"因为她忙着照顾小狸。"我决不会打断爱莎姨妈那至关重要的荒野之歌，可如果她认为找到奇美拉更重要呢？不，没有什么比小狸更重要了。"还有你爸爸。你爸爸说小狸快要坚持不下去了。"

"坚持什么？"

"坚持……"我不知如何解释小狸做了什么，"坚持挡在我和那个灵魂之间。"

卡赫拉若有所思地看着我。

"小狸是这么做的吗？"

"是的，但这消耗了它所有的力量。卡赫拉，事情真的很紧急！"

"但如果真的那么紧急，克拉拉，我们为什么要去奇美拉几辈子之前可能住过的村子呢？"

"因为它很重要。"

当校长提到这个村庄时，我感到一阵震惊。因为我知道它叫林斯特德，不是斯文斯特德。一提到这个名字，我就觉得胸口发紧，眼睛刺痛。一定是这个地方。我不能肯定我们将在那里做什么，或者为什么它是如此重要，但是它确实重要。

林斯特德坐落在长满青草的谷地和山林之间，我认出了它。我以前从未到过那里，但我知道加利夫人和她的鹅群住在小红房子里，而且巴德家至少四代人都住在前面不远的农场里。

"怎么了？"卡赫拉问。

我停了下来，我觉得实在骑不稳自行车了。

"我们走走吧。"我说。

阳光灿烂，一条长凳靠在粉刷得雪白的农舍墙边，一位老妇人坐在上面看书。她不时地用短粗的铅笔在空白处做笔记。

"巴德夫人？"我说，因为我相当肯定这就是她。

"怎么了？"她眯起眼睛挡住阳光，"姑娘们，我能为你们做些什么？"

"我们只是想知道……"我结结巴巴地说不出来，但卡赫拉没有犹豫。

"我们来这里是为了了解一个叫吉米的女孩儿到底发生了什么。"她说，"奥克赫斯特学院告诉我们，她来自这里。"

巴德夫人突然合上了书。我注意到这本书叫作《厨房草本花园》。

"你为什么想知道？"她说，她并没有看卡赫拉，而是看着我。

"这非常重要。"我结结巴巴地说，"可能会发生一些灾难，除非我们能阻止它。"

"嗯，我并不吃惊。"巴德夫人冷冷地表示，离开学校的吉米"觉醒"之后灾难就没停过，"进来喝杯饮料吧。你们是奥克赫斯特学院的学生吗？"

"不，"卡赫拉说，"我和克拉拉一起跟她的姨妈学习。"

"我明白了。"巴德夫人只说了这么一句，就不再问了，"跟我来吧，这边走。"

她把我们带到主楼的大厨房里，从冰箱里拿了一罐饮料。

"这是黑加仑汁，"她说，"去年的树莓收成令人失望。"

我不知道自己是否期待看到像爱莎姨妈家那样的石蜡灯和壁炉——也许我是这样期待的吧。这里有一个冰箱和一个冰柜，厨房桌子上有一台破旧的收音机在噼啪作响，因为有人把音量调低了，却没有完全关掉。桌子上铺着格子油布，窗台上摆着天竺葵，窗户上挂着白窗帘。几张褪色的家庭合影上带着些许污渍，用彩色磁力贴固定在

艾巫克拉拉之
奇美拉的复仇

冰箱门上。

"我的孩子们早就离开这儿了，"巴德夫人注意到我在看他们，便说，"他们对乡村生活不感兴趣。所以，现在这里只有我和我丈夫了。以后可能也是这样。"

"吉米？"卡赫拉提醒她，"我们谈谈吉米。"

"你们担心我会喋喋不休，是不是？"巴德夫人说着，眼睛里闪着光，"放松，孩子，我这就说到了。吉米，是的。"她叹了口气，几乎和校长一样，"嗯，她是个聪明的女孩儿，获得了那笔奖学金，在奥克赫斯特学院获得了一席之地。"

"我们知道。"卡赫拉不耐烦地说，"可是他们把她赶了出去，然后发生了什么事？"

"不多。她回家了，拒绝回到学校，或者也许她的父亲认为她学的已经足够了。所以我猜她在家里帮忙，没人想去探查。"

"探查什么？"卡赫拉问。

"我们都知道她的父亲是个铁石心肠的人，对女儿们也很严厉。他家没有多少钱，只是勉强度日。他靠卖木柴和打零工为生，修理窗户、修车之类的，有时也卖野鸡和其他野味。"

"女儿们？"我问，"不止一个？"我这个问题等于没问。是的，有两个人，那所房子里有两姐妹，她们还荡秋千……

"吉米有一个妹妹，"巴德夫人说，"叫玛利亚，比吉米小几岁。后来发生了可怕的事情，玛利亚不见了。那是一场暴风雪，一场猛烈的暴风雪。在那种天气里，谁也不明白女孩子们要在外面干什么。三天后我们找到她时，她像冰柱一样冰冷僵硬，她被冻死了。可怜的孩子。不到一周，吉米就不见了，我们一直没能找到她。"

"她失踪了？"

"是的。"

卡赫拉不安地动了动。我不知道她是不是也在想我想到的事情，但我猜她想到了。故事里现在出现了一个死去的女孩儿，这就是那个灵魂吗？

"我们报了警，做了能做的一切调查，"巴德夫人说，"但没有任何人被指控。她父亲说她是要离家出走。也许吉米就是要逃走，谁又能怪她呢？"

"为什么？"

"就像我说的，她父亲对女儿们很严厉。嗯，我想吉米在村里也没几个朋友。在去奥克赫斯特学院之前，她就有点儿怪了，很多人认为她自以为是。当她丢人现眼地回来之后，人们嘲笑她。还有就是，她有时候小偷小摸。"

"她偷东西？"

"我这样说吧，当她在附近的时候，没有人会把蛋糕放在窗台上冷却，有几个人甚至还丢了鸡……有些事情可能让她在邻里间变得不受欢迎了。"

女巫克拉拉之

奇美拉的复仇

　　我呷了一口饮料，真的不知道自己是否想听更多。如果吉米真的是奇美拉，那么……我从来没想过奇美拉像其他人一样，也有父母和童年。我是说，我第一次看到她的时候，她长着巨大的翅膀，全身都是羽毛。那时，把她想象成是从蛋里孵化出来的要容易得多。

　　"她爸爸呢？而且她一定也有妈妈吧？"

　　"哦，她爸爸还住在原来的小屋里，但这些天我们都没看见他。"

WILD WITCH

Chapter 17

第十七章

加布里埃尔一家的房子

我的头很疼，感觉就像太阳钻进了我的眼窝，直射进了我的大脑。巴德夫人的饮料在我肚子里晃来晃去，给我一种奇怪的感觉，就好像我是一袋水，或者像水母一样，手脚松软得只想被水流带走。

"我们需要歇一会儿。"我对卡赫拉说。

"但我们必须得赶快，"她抗议，"有急事吗？要下定决心啊。"

"如果我们不停一停，我就要吐了。"

她勉强停下了自行车。虽然她解开围巾并把它系在腰间，但没有其他迹象显示她感觉到了太阳的热量。

我们在路边停了下来，这条路上只有两条马车的车辙。路的两边都是森林，混杂着高大的深色松树、细长的桦树和一些我认为可能是赤杨的树。

森林的地面上长满了青苔，发出绿莹莹的光，在我脚下轻柔地伸展着，但这只会增加我的不适——就好像我没有踩在坚实的地面上一样。

突然，我感到头晕目眩。我两手紧紧抓住车把，但没有用，因为自行车倒了，我也跟着摔倒了。

"克拉拉！"

黑暗的松树在我头顶摇摆，我隐约感觉到有一只踏板在我身旁旋转，卡赫拉在远处说了些什么。

我已经受够了，我想。我受够了被人拉来扯去，就好像那不是我自己的身体，而只是我出生时被递过来的一套谁都能穿的衣服。我等着看这一次会发生什么——现在谁的灵魂会塞进我的身体里？一只动物，一个人，还是吉米？

都不是。

我躺在林地上，闻到泥土和树脂的味道，我还是我自己。虽然疲惫不堪，头痛欲裂，但我还是我自己。然后我听到内心一个熟悉的声音在低语："我的。别碰她！"

小狸，是小狸在保护我。它本该给我一个鼓励，但它没有，因为尽管它把自己挡在我和那个灵魂之间，但我能听得出来它是多么虚弱，这样做需要付出多大代价。

"小狸，"我低声说，"照顾好你自己吧，我也会自救的。"

卡赫拉环顾四周。

"它在这里吗？"

"没有。"我不敢摇头，因为我害怕会把那些饮料吐出来，"不是真的在这里，身体……不在。"

"你生病了吗？"

"我的头很痛，"我小心翼翼地坐了起来，"但除此之外没事，我们走吧。我们能不能就推着自行车走？"

"当然。嗯……等一下。"卡赫拉把手放在我的头侧，开始吟唱。恶心的感觉渐渐沉回我的胃里，不在喉咙里面晃荡了。我觉得自己更强壮了，头也不那么疼了。

"谢谢！"我说。卡赫拉点了点头。

这所房子，或者像巴德夫人称呼的那样——这座小屋，坐落在森林中的空地上，周围是一堆棚子、户外的厕所和木桩。有一个生锈的绿色金属邮筒，旁边贴着塑料字母：G BRIEL。

"可能有的字母不见了。"卡赫拉说，"这是姓氏还是名字呢？"

"姓氏。"我说，一点儿也没有提我眼睛感到的刺痛。烟囱里冒出一缕缕细烟，应该有人在家。

卡赫拉坚定地走到门口，敲了敲门。

什么也没发生。一只过了冬的苍蝇在太阳下嗡嗡直叫，除此之外，这里很安静。

"再试一次。"

卡赫拉于是又敲了敲门，这次更用力一些。

仍然没有动静。

"喂！"她叫，"有人在家吗？"

"嘘——"我发出嘘声，她瞪着眼睛，不解地看着我。我的意思是，你敲了半天门都没人回应，所以没必要再大声叫喊了。我有一种安静下来才更明智的直觉。

我们听到里面传来了脚步声——很轻，也很慢。然后，门被打开了。

"谁啊？"

这是一位身材矮小、骨瘦如柴的老妇人。她的皱纹并不多，但皮肤看起来就像重复使用过多次、被弄皱又抚平的包装纸。她瘦骨嶙峋，留着短短的灰白头发，穿着一件特大号的旧木工衬衫和一条膝盖破了的绿色园艺裤，神情紧张而忧虑。

"呃……"甚至连卡赫拉也不知道该说什么才好。

"你们是来做慈善募捐的吗？"她问，"我们不做慈善。"

"不，"我说，"我们不是募捐的，我们想知道一下关于吉米的事情。"

起初，什么也没发生，似乎这个名字需要在她的脑海中缓慢地浮现出来。然后她闭上眼睛，紧紧地闭着，整个脸缩得像紧握的拳头似的。

"我们可以以后再来，如果那样更方便的话。"卡赫拉说。

"不，我们不能，"我想到小狸，抗议说，"必须是现在！对不起，但是你是吉米的妈妈吗？"

她又睁开了眼睛。

"当然，"她说，"进来。"

WILD WITCH

Chapter 18

第十八章

寒鸦标本

　　吉米的房间并不大，里面倾斜的墙壁让我想起爱莎姨妈家的阁楼。但这里没有圆形的窗户，只有一个普通的方形窗户。窗帘也许曾经是花的，但现在已经严重褪色，以至于除了灰色背景上一些模糊的粉红色斑点外，再也看不出什么来。窗户下面有一张白色的小写字台，大量的书堆积在上面，这意味着如果真的想写字，几乎没有空间了。在一个书架上，有一只填充得不怎么丰满的寒鸦标本。寒鸦的头微微歪着，有点儿斗鸡眼，它的喙已经失去了颜色，看起来毫无神采。

　　墙上贴着的墙纸，图案可能曾经与窗帘相配，隐约可见白色的花环上点缀着粉色的玫瑰花蕾，周围是浅绿色的叶子。不过现在基本看不清楚了，因为上面密密麻麻地贴满了海报、图画和照片，全都是关于鸟的，有乌鸦、渡鸦、寒鸦、麻雀、画眉，还有木鸽、山雀……总之是鸟、鸟以及更多的鸟。一排玻璃展柜里放着不同种类的鸟的翅骨，它们被摆放在黑色硬纸板的背景上。三个空鸟笼堆在一个角落里。一眼望去，桌上几乎也都是和鸟相关的书。

　　"她很喜欢鸟吗？"我有点儿明知故问。

　　"打小就喜欢，"吉米的妈妈说，"她为它们疯狂。她

在会说爸爸、妈妈和食物之前，就会说鸟了。"

卡赫拉研究着那只斗鸡眼寒鸦标本。"这是谁做的？"她问。

"哦，老天爷，那可是件可怕的事情。"

"你是什么意思？"

"她获得了奥克赫斯特学院的奖学金，她高兴极了，因为她唯一梦想就是做那些荒野女巫做的事情，尤其是和鸟类有关的事情。我不知道有多激动，我的祖母就是一个荒野女巫，所以我了解一些，但她们的爸爸……嗯，真的不明白他为什么这么大惊小怪。但他确实意识到，奥克赫斯特是一所贵族学校，去那里通常要花很多钱。"

她停了下来，盯着那只寒鸦看了很长时间，就像以前从没见过它似的。

"那跟这寒鸦有什么关系？"我终于问。

"嗯，这是吉米的。这只寒鸦太温顺了，无论走到哪里，她都带着它。但是在奥克赫斯特，他们不允许她这样做。突然间，她开始犹豫是否要去那里了。她的父亲大发雷霆，冲她大喊大叫，骂她是一个忘恩负义的小姑娘，并告诉她，如果有必要，他会亲自把她拖到那所学校去，她必须去上学，不能对不起他和那些奖学金。他发誓，一定会让她带着这只鸟去奥克赫斯特。最后，她就是这么做的。"

过了一会儿，我才明白她的意思，我想卡赫拉也是。

"你是说像那样？"我指着那只僵死的寒鸦说，"死了之后，用铁丝固定在树枝上？"

她点了点头。"这当然不是吉米想要的，"她说，"但她没有再大惊小怪。一切都很平静，这太不像她了。"

一切都很平静。卡赫拉和我盯着彼此，我想我们的感觉差不多：恐惧，并且对这位曾经的加布里埃尔家的女孩儿表示同情。

我发现自己在摇头——不是因为我不相信这个故事，而是因为这是我不愿意听的。到现在为止，我很确定，那位曾经驯服寒鸦的吉米已经变成了奇美拉。我不想为奇美拉感到难过，她是邪恶的，她是我的敌人，她不再是荒野女巫，甚至不再是人类。她偷走了数百只鸟的生命和灵魂，让自己拥有了羽毛和翅膀。当翅膀从她身上脱落时，我就在那里。我割断了她的翅膀，尽管我至今不知道我是怎么做到的，我也非常怀疑自己还能否再做一次。

卡赫拉第一个回过神来。

"我们听说她被奥克赫斯特开除了，"她说，"她爸爸有什么反应？"

吉米的妈妈抱着自己的肩膀说："他很生气，但并不惊讶。他说自己一直知道吉米不会有什么好结果。"

"那吉米呢，她是什么反应？"

"她变得不完全是她自己了。从奥克赫斯特回到家的时候，她变得非常古怪。她仍然对鸟类感兴趣，但不知怎的，她似乎更冷漠了。我想她不再爱它们了。她曾经说过，她羡慕鸟儿的飞行能力，她试图找出是什么使它们能够飞翔，比如研究它们的羽毛和骨骼什么的。"她指着白色的鸟骨和精心绘制的各种羽毛草图说，"然后，还有关于食物的事情。"

"她吃得比平时多吗？"卡赫拉问。

"你问到了关键，她一直很饿，不停地要食物，如果我们不给，她就把食物偷走。我们得给厨房和储藏室的门上锁，否则她晚上就会悄悄下楼，把里面的东西吃光。"

"她以前从来没有这样过吗？"

"从来没有，直到进了奥克赫斯特，她才真正对食物感兴趣。奇怪的是，不管吃了多少，她都不会变胖。相反，她似乎变得越来越瘦，看上去越来越单薄。起初，我们以为她体内可能有寄生虫什么的，但医生说她没有。"

我想知道，吉米是否会饿到想去吃新生的獾幼崽。这个想法打断了我的思绪，尽管我根本不愿意想起这个。我厌恶地把这个想法抛开。

"加布里埃尔夫人……"卡赫拉犹豫了一下，这可不像她，"吉米有一个妹妹是吗？玛利亚？"

吉米的妈妈突然间看起来像被人抽干了血液，又灌满了铅。不，不是突然。我们谈论吉米的时候，她的脸色就已经变得越来越沉重和灰暗，而当卡赫拉提到玛利亚的时候，最后的生机都从她的脸上消失了。

"你们现在得走了，"她说，"我不知道你们为什么来这里问了这么多问题，但你们现在必须得离开了。我以为你们可能知道吉米在哪里，但你们和其他窥探者没有什么不同。"

吉米的妈妈停了下来。有那么一会儿，她完全站着不动。然后，她做了一个奇怪的动作，一只手紧紧抓着什么别人看不到的东西。她蹒跚向前，扶着膝盖，最后坐在地上，靠着曾经属于吉米的那张床。

卡赫拉和我都愣住了。在学校里，一位老师曾在上德语课时突然昏倒，被救护车带走了。我甚至不确定这里能不能打电话，更不用说叫救护车了。我也不知道吉米的妈妈怎么了，但是她确实看起来不太好。

"加布里埃尔夫人？"卡赫拉小心地问，"出什么事了吗？"

这话说得很蠢，因为很明显她一定是出了什么状况，才会像水母一样滑倒在地板上。

起初，吉米的妈妈什么也没说。她睁着眼睛，但我感觉她并没有在看任何东西。

卡赫拉在她面前蹲下来，握紧她的双手。我听到卡赫拉深吸了一口气，然后有点儿犹豫地开始唱一首荒野之歌。

这确实产生了效果，但并不是我们一直希望的效果。吉米的妈妈竭尽全力抽回自己的手，并向卡赫拉咆哮：

"不，不要这个！被诅咒的巫术！"

"但是……我想我能帮忙。"

"走开，"她呻吟着，"药！"

"在哪儿，加布里埃尔夫人？"我问。

"卫生间，储物柜。"她说。

我目不转睛地盯着卡赫拉。

"你跟她待在一起，"我说，"如果她昏倒了，请帮助她，好吗？"

"不，我不能。"卡赫拉沮丧地说，"当她明确表示不希望我这样做的时候，我就不能再做了。"

我走到走廊里，打开了隔壁的门。那不是卫生间，是另一个女孩儿的卧室，我想那是玛利亚的。我没有时间仔细看，虽然十分好奇，我也只是瞄了一眼阳光一般颜色的墙壁、一大堆玩具，还有大大小小的可爱的小动物海报。

卫生间在隔壁。我找到了两种不同的药片，并在一个漱口杯里装满了水。

幸运的是，吉米的妈妈在我回来的时候还没有昏倒。事实上，她看起来好多了。她从一个玻璃瓶里倒出一枚药片放进嘴里，但她不想喝水。

"不，"她说，因为药片的缘故，她的声音有些低沉，"我不应该吞下它，我要把它放在舌头下面含服。"

"有人能帮你吗？"卡赫拉问，"加布里埃尔先生呢？"

吉米的妈妈用颤抖的手梳过她蓬乱的白发，皱起眉头。

"我不明白他为什么还没回来，"她说，"他只是去看一看，拿一些样品，而且也不远。"

"看什么，加布里埃尔夫人？"

"一种疾病。"

"什么病了？"

"那些树，或者说，差不多所有的一切。他认为土壤有问题。他确实向林业委员会报告了这件事，但他们什么也没做，所以他决定自己采集一些土壤样本进行分析。他说这种病正在传播。"

我的胃里打了一个结。

"那些树怎么了？"我问。

"它们快死了，一切都是这样。据他说这种病正在迅速蔓延。这有点儿诡异——有个禁区，现在那里什么也活不了。"

卡赫拉和我面面相觑。

"那么，这个地方在哪儿？"卡赫拉问。

WILD WITCH

Chapter 19
第十九章
森林禁区

森林里很嘈杂，瑟瑟沙沙，吱嘎作响。如果来野餐，你可能会认为森林很安静平和，但从荒野女巫的角度来看，它是世界上最繁杂的地方之一。它就像一个大城市的中心火车站，是一个热闹嘈杂的生命大熔炉。

想象一下，来到这样一个车站，到达大厅的中央，这里到处都是人：学生、上班族、退休的老人，还有家庭主妇、年轻女郎以及脾气暴躁的青年、尖叫着要冰淇淋的孩子、扒手、背包客和开着嗡嗡作响的地板清洁器的清洁工，快餐店里弥漫着炸薯条的味道，瓶子的哗啦声、轮式行李箱的滑动声……噪音、噪音，到处都是噪音。

想象一下，在这样一个地方，周围却是安静的，完全安静。

没有声音。没有脚步声，没有喊叫声，没有欢笑声，什么都没有。

一个人也没有，没有气味，甚至连角落里的尿骚味儿都没有。

这就是森林禁区，也可以叫作死亡森林。

卡赫拉已经停住了脚步，周围安静得能听到她吞口水的声音。

"这里发生了什么？"她低声问。

"我想所有的东西都被吃掉了。"我说。

自从我借用鹰的眼睛最后一次看到这里之后，情况变得更糟了。我首先注意到的是干枯的树干和光秃秃的树枝：有的已经倒下了，啪的一声折断了，好像它们粗壮的树干只是干柴；有些树被连根拔起，苍白枯死的树根就像弯曲的手指，仍在试图抓住什么东西，虽然已经来不及了。

我首先注意到它们，是因为这些枯树最显眼，但是其他一切都消失了——新生的酢浆草、灌木、苔藓、甲虫、蜗牛、老树桩上的蘑菇、地上的蚂蚁，统统不见了。春风不再吹弄林草和树叶，而是卷起厚厚的灰色尘埃，那些尘埃就像大火后的灰烬一样覆盖着大地。

卡赫拉想要向前迈一步，我阻止了她。

"别过去，"趁她还没走进尘埃，我一把抓住她的胳膊，"它也会吃了你的。"

卡赫拉皱起了眉头，试图从震惊中恢复过来。我祈祷着她不要因为过度自信，而不顾我的警告冲进去。

"但站在这里解决不了任何问题。"她反对说。

"卡赫拉，这不是你我能解决的问题。我们最明智的做法就是尽快而且尽可能地大声呼救。我们找到了那个饥饿者，这就是我们此行的目的。"

"不，找出饥饿者究竟是谁，"卡赫拉纠正我，"这是波莫雷恩斯夫人说的。"

"但这一点我们已经知道了，饥饿者一定是吉米，而吉米就是奇美拉。"

我一说出这个名字，我们就听到了一个声音，那是在一片寂静中发出的一声窒息的叫喊。

"这里……"他叫，"这里……"

"是个男人。"卡赫拉说。

"是的，那肯定是吉米的爸爸，加布里埃尔先生。"

"好吧，至少他还没有被吃掉。"卡赫拉说。

我们匆匆穿过尚有生命的森林，朝叫喊声的方向走去。我注意到卡赫拉小心翼翼地避开那些摇摇欲坠的树和灰色的尘土。

"在这儿……"喊声又响起来了。还是那个男人，可是他的声音有点儿不对劲。不知怎么回事，那声音听起来似乎衰弱下去了。

"那儿！"卡赫拉指出，"在松树旁边。"

那个男人——吉米的爸爸——脸朝下伏在地上。他的黑红白三色相间的伐木工衬衫就像一面信号旗，看到它，我们马上就知道这里有个人。

他停止了叫喊，也许是听到了我们的脚步声。

"加布里埃尔先生，"卡赫拉说，"您怎么了？"

他没说什么，卡赫拉跪在他身边，他拖着腿在地上慢慢爬。

"停下来，"卡赫拉说，"如果您能躺着不动。我会尽力帮助您的，您这样只会让自己筋疲力尽。"

他发出了一些含糊不清的声音，这些声音几乎算不上是话语。他似乎难以控制自己的舌头。

"啊哎呃……"他说，"啊哎呃……祆！"

祆？我没有看到有什么祆从天而降，他说的肯定是另外一回事。

卡赫拉试图阻止他，却被他粗暴地推开——尽管腿已经无法用力，他上身仍然很有力量。

"祆！"他又说了起来，"祆！祆！祆！"

他的黑发中混杂了不少白发，眼睛和嘴巴周围都是皱纹。但从他的神态中能看出来，他认为自己是一个强壮的人。这让情况变得更糟了。从他身后地面上的痕迹可以看出，他是怎样用腹部和肘部撑着自己往前爬的。

灰色的尘埃粘在他的鞋底上。

"卡赫拉，"我低声说，"你看他的腿。"

尘埃正沿着他的小腿向上爬。它不像我最初以为的那样只是"灰色的尘埃"。不，虽然不能完全说它是活着的，但它在移动并且在蔓延，一路咬着他的腿，一口又一口。

他那双结实的靴子已经支离破碎，脚上只剩下几片破烂得像灰色蜘蛛网似的东西，那是他的袜子。最令人震惊的是，他的皮肤也是灰色的。我的意思是不是苍白，而就是灰色的。他的皮肤一点一点地裂开，裂缝像遇到强酸一样冒着泡。一片片皮肤在我们眼前剥落，然后碎裂，变成灰色的尘埃。

"啊哎呃，"他又呻吟了一声，"啊哎呃，袄！"

最后我终于明白了他想要说的话。他的嘴巴和舌头都不听使唤了，气息从他嘴里呜呜地发出，却无法形成清晰的音节。

"它来了，它来了，跑！"我说，"卡赫拉，他告诉我们有东西要来了，我们得逃跑，现在！"

但此时，已经太迟了。

WILD WITCH

Chapter 20
第二十章

怪物现身

这个怪物很难描述。

如果我说它是"龙",大多数人的脑海里都会浮现出龙的鳞片、爪子和长长的爬行动物一样的身体,也许还有翅膀和从鼻孔里冒出的烟。龙,它们并不存在,至少在现实世界中不存在,但我们都知道它们在传说中的样子。

这不是龙。

它一直在变,我不知道怎么称呼它。它有皮肤,但一直起泡,破裂,变形。不同的东西不断冒出来,石头、叶子、甲虫、蠕虫、鸟、蜥蜴,但每次都不一样。它们似乎是浮起来,又沉下去。好像它的皮肤但并不是皮肤,而是熔岩,固态与液态混合的熔岩。它还有眼睛,眼睛会突然出现,不仅在我认为是头的那部分,而是到处都会冒出眼睛来。一只手、一只翅膀、一颗松果、鼹鼠的头骨……所有的东西都可以被它吃掉,吞噬,使用,耗尽。

我脑海里突然闪过一张以前看过的健康饮食的海报:你吃什么就会变成什么。它从森林里已经吞噬了如此之多的东西,以至于所有的东西在再次被吸入之前,都会膨胀和凸出。

有人尖叫起来,我想那一定是卡赫拉,因为我已经被吓得叫不出声来。

卡赫拉抓住加布里埃尔先生的胳膊，想把他拖走。她尖叫着要我抓住他的另一只胳膊。

我牢牢站在原地。

我不知道自己是否想到了什么。我能感觉到的，只是麻雀的心脏是如何跳动，然后又如何破碎了。我想起了草蛇的饥饿感、新鲜的松鼠的味道和马丁的祖母，这种感觉浸透了皮肤。我想起了小狸。

然后，我把两只胳膊举过头顶，握紧拳头，手腕交叉。

"停！下！"

这不仅仅是一声喊叫，也不仅是荒野之歌。这是一堵墙，和那东西——那怪物一样高的墙。

我内心深处有一个地方，一个足够强大的地方，坚不可摧，岿然不动。

我不知道它在哪里。但当我认真地说"走开"的时候，那力量就源于此处。

当我命令那怪物停止时，它就停止了。

卡赫拉张着嘴停在原地，双手抓着加布里埃尔先生的上臂，加布里埃尔先生也在试图逃跑的中途停了下来，那东西也停了。

不再有老鼠，不再有麻雀。

我抬头看着那怪物。它有一张脸，不再像以前那样

鼓起来冒泡了。眼睛在本来应该是眼睛的地方，下面有个
有点儿像鼻子的东西，还有一个曾经是嘴的大洞。最糟糕
的是，这是奇美拉的脸，但似乎又不是。死亡尘埃和皮肤
碎片散落在它的胸膛上，变成灰色的粉末，但里面的某个
地方还活着。

"奇美拉！"

她的眼睛闪烁着，眯一眯，鼓起来，她好像在努力
控制自己的脑袋。最后，她终于定住了，就像两支枪对准
了目标一样，将目光集中到我身上。

"女巫……崽子……"

直到她开口说话，我才确信她嘴里发出了一种几乎
无法辨认的声音。这就是她。在那鼓泡的皮肤和肿胀的身
体里，有什么东西认出了我，那些东西仍然是她。她那黄
色的掠夺者的眼中闪烁着仇恨。

我让她停了下来，但她不会让自己被耽搁太久。很
快，她就会挣扎着摆脱。如果我碰了她，就会像其他东西
一样被碾碎和吞噬。我的心会像麻雀那样破裂，发出压碎
浆果的那种声音。

有些敌人是无法从外部击败的。

突然，我发现自己紧抓着波莫雷恩斯夫人的那个小
圆罐子。她曾说过，只要一点点。但有什么东西告诉我，
一点点是不够的，现在不够，这里不够。我拧下小罐的盖
子，把它抛向我和奇美拉怪物之间的空中。美丽的绿色

梦尘散向四面八方，我们开始置身于一片发光的绿色云雾之中。

我以为随身粉会把奇美拉击倒。波莫雷恩斯夫人强调过，这不是安眠药，但一小撮已经让我做了一个非常有用的梦。因此当我把整个罐子扔到奇美拉脸上时，我满怀着希望。

哪怕在最疯狂的梦里，我也想不到，当那细小的绿色粉末开始落到卡赫拉以及我身上的那一刻，会发生什么。

第二十章　怪物现身

WILD WITCH

Chapter 21

第二十一章

灰色的雪

冰雪覆盖了一切。雪不是白色的，而是灰色的，让我想起了那些灰色的尘埃。但它们凉凉的，接触到皮肤时就融化了。我举起手，抓了几片雪花。

我独自一人，这让一切变得更困难了。我仔细观察着那只抓住雪花的手，那是一只人类的手——至少我没有变成麻雀或者草蛇。但我还是克拉拉吗？当周围没有人告诉我我是谁的时候，我很没把握。

我觉得自己像是克拉拉，但话又说回来，当我上一次这样坠入梦中，我真的就是吉米。

我不喜欢这种摇摆不定的感觉。我低头看着自己，心想，如果我穿着克拉拉的衣服，那我就肯定是她吗？

起初，我以为那是我的衣服，我的意思是，克拉拉的。然后我开始怀疑了，我没有穿着那天早上穿的牛仔裤，或者其他衣服，身上的衣服好像在我眼前变了颜色。开始的时候，它们看起来是灰色的，现在变成了蓝色。

"你知道你是谁吗，小女巫？"

我发疯似的四处张望。这语气听起来是小狸，然而它的声音却出奇地陌生。小狸从来没有叫过我"小女巫"。

"当你穿克拉拉的衣服时，你就变成了克拉拉吗？还是因为别人告诉你，你是克拉拉，所以你才是克拉拉？"

"不要再说了，"我说，"你就像我肚子里的蛔虫。"

"是吗？"它站起来，慢慢地舔着前爪上的雪，"如果你不小心谨慎，你最终会一事无成。"

我正要问它这是什么意思，又停住了，因为我完全明白了它的意思。什么也不是就不知道它自己是谁，不管是谁告诉它什么，它都会相信，哪怕是奇美拉也不例外。奇美拉告诉它，它什么也不是，它就认为自己是"什么也不是"。

"我不是什么也不是。"我低语，舌尖上是冰冷又苦涩的雪的味道。

"那你是谁？克拉拉小宝贝？妈妈的小宝贝吗？"

"这只是个昵称。"我抗议说，但能感觉到它在贬低我。我无助、害怕又小心地说，"你为什么要这样？"

但这个问题好像雪花一样吹回到我的面前：你为什么要这样？突然间，小狸消失了。我又一次独自一人待在灰蒙蒙的雪地里，越来越冷。我开始怀疑小狸是否真的曾经来到这里，还是说这一切都是我脑子里臆想出来的。

"这只是你想象出来的。"我坚定地告诉自己。这只是一个梦，这里没有下雪，这里除了幻象和想象什么都没有。

除了雪，我什么也看不见。雪花吹到我的脸上，粘在我的衣服上，所以很快，我的裤子到底是灰色还是蓝色就无关紧要了，雪花覆盖了周围的一切，只露出模糊的物体轮廓。那是灌木还是原木堆？是树还是街灯？一切都很难说。

"我在哪儿？"我问，不知道是否有人能听到我的声音，也不知道是否有人能够回答，"这些雪是从哪儿来的？"

"这是吉米的雪，"那不再是小狸的声音，"她内心深处总是在下雪。"

吉米的雪？这是什么意思？

"吉米！"

有人在暴风雪中大喊大叫，我又有了那种摇摆不定的感觉。我是想回答吗？她在找的人是我吗？

"吉米，你在哪里？吉——米——"

这是那又害怕又孤独的小妹妹的声音，她已经喊了很久了，我能从她那生硬冰冷的声音里听出来。我觉得必须搞清楚"我到底是不是吉米"这个问题。

然后我发现她正朝我走来，但似乎没看见我。

"吉——米——"她又喊。

"我想她不在这里。"我说，虽然我其实并不确定。

她没听见我说话而是直接从我身边走过。她脸色苍白，身上瑟瑟发抖，脖子上围着一条灰色的围巾，深灰色的羊毛帽子上带着点点雪花。

"你在哪儿？"她喊，但现在这似乎不是个问题了。

她太累了，勉强拖着步子，没有力气继续找了。她在离我不远的地方停下，突然在雪地里坐了下来。

"别这样，"我心里意识到这很危险，"不要睡过去。"大人们不就是这样说的吗？有的人就是这么被冻死的，开始的时候觉得很困，然后不会感到痛苦就在睡梦中离世。

突然，我想起了巴德夫人的话，"她像冰柱一样冰冷僵硬，她被冻死了。可怜的孩子。"

她还是听不见我说话。她坐在雪地里，前后摇晃着身体，双手捂着耳朵，双臂交叉抱在胸前，缩着下巴。

"吉……米……"那不再是哭叫声，那是一种安静的、被遗弃的呜咽。我向前迈了一步，她既听不见，也看不见我。我想知道如果我把手放在她的肩膀上，她是否能感觉到。

"玛利亚！"

我转过身，在我身后，吉米走了过来，那是真正的吉米，我从寄宿学校的照片上见过她。她没有戴帽子，也没有戴围巾，甚至连外套都没穿，只穿着一条短睡裤和一件白底上印着黑白灰相间的小鸟图案的 T 恤。她赤裸着双腿蹬着一双雨靴，把一个旧麻袋像披肩一样包裹在肩膀上，大概是为了保暖。她尽管穿得很少，但不至于像玛利亚那样几乎冻僵了，她只是很生气。

"你在这儿干什么？他也把你赶出来了吗？"

"吉米！"玛利亚踉踉跄跄地站起来，伸出双臂抱住姐姐，"我到处都找不到你，我找了又找，但就是找不到你。"

"他也把你赶出来了吗？"吉米又问了一遍，还是很生气。

"谁？爸爸？当然不是。我是出来找你的，我给你带来了这个。"她翻遍了口袋，掏出了几片面包和一小袋东西。

"给我！"吉米几乎是从她手中抢过了面包，把它塞进嘴里。

"你不想做个三明治吗？"玛利亚对此很困惑。

但吉米已经吞下了面包，正忙着撕开锡纸。那袋东西看起来像是几片香肠，但我还没看清，吉米就都吞下了肚。

"你没带别的东西吗？"她尖刻地问。

"没有。"玛利亚说，"对了，我还有一个苹果，但是我……我吃了。我不是故意的。"

"你吃了？玛利亚，你这混蛋！"

玛利亚退缩了一下，仿佛吉米甩了她一巴掌。

"我已经走了好几个小时了……我饿了……"

"玛利亚，对不起！"吉米双手捂着嘴，仿佛想把刚才的话收回来，"我不是那个意思，请不要难过。只是……我太饿了，你想象不出我有多饿。昨天晚上，我想去吃一小块面包，他就在那里等着我，告诉我这是我最后一次偷食物了。然后他把我赶了出去，赶进暴风雪里。我走到林斯特德，但他们也把我赶走了，或者说至少巴德先生把我赶走了，他还在为他的母鸡生气。所以，我不知道还能去哪里。然后又开始下雪，我饿极了。”

“跟我回家吧。”玛利亚说。

“他不让我进去。”

“哦，他会让你进去的，他会的。吉米，他一定会。他可能只是想吓唬吓唬你。”玛利亚把她的手放在吉米的手臂上。

吉米低头看着她妹妹的手，先是快速地嗅了一下，然后猛地吸了一口气。闻到了妹妹身上的气味，她全身一阵震颤，从脚底一直到头顶。

然后她突然在雪地里后退了五六步。

“吉米，怎么了？”

“离我远点儿。”

“吉米！”

“谢谢你的食物，现在你该回家了。”

“我想我不认识路……”

“玛利亚迷路了，可怜的小家伙，照我说的那样去做！”

玛利亚哭了起来。她很害怕，我也是。因为我发现吉米的眼睛中充斥着饥饿，我意识到，刚刚那是一次嗅探，就像动物为了生存在寻找食物。

“快跑，玛利亚……”我低声说，尽管我知道她听不见我的话。

她做到了。她并没有完全看懂姐姐眼中的神情，她已经吓坏了。她僵硬地转过身，拼命地跑了起来。吉米把脸埋在手中放声大哭，哭得撕心裂肺。

起初，我为玛利亚能够逃走感到欣慰。然后我想起了结局：她没能回家。人们发现她时，她已经像冰柱一样僵硬。如果吉米知道，她可能哭得更厉害了。

"你以为你现在什么都知道了吗？"我身后的声音比雪还冷。吉米在我眼前消散，好像她是一个幻灯片投影，刚刚被关闭了。

奇美拉站在我身后。她没有翅膀，是我把她的翅膀砍掉的。但她也不是死亡森林里的那个肿胀的怪物，她看起来比以往任何时候都更像吉米。当然我已经猜到吉米就是奇美拉，至少我知道她的故事的开头。

我的心在胸腔里怦怦直跳，像锤子一样沉重。奇美拉那黄色的眼睛、长长的爪子，正如噩梦中的样子。只是我有一种毛骨悚然的感觉——这个噩梦不是我做的。这是吉米的雪，这是奇美拉的噩梦。但这仍然只是一个梦，不是吗？

"这是一个梦，"我犹豫地说，"你不能在这里伤害我。"

她那捕食者特有的尖脸亮了起来，那肯定不是微笑。

"哦，你是这么想的吗？"她说。

WILD WITCH

Chapter 22

第二十二章

复仇

"你夺走了我的翅膀！"奇美拉说，"你说我应该从你那里拿走什么来作为回敬！"

"什么也别想。"我低声说。但是，我动不了，至少有一段时间动不了了。不知不觉中，我的腿都冻成冰了。我并不是说我真的很冷，我的意思是它们真的变成了冰——坚硬的、灰色的、晦暗的冰，纹丝不动。"那对翅膀从来不属于你。你夺走了那些生命，你偷走了它们，就为了得到那对翅膀。"

她好像没听见我说话。我们周围到处都是厚厚的积雪，覆盖了不知什么东西，可能是灌木丛，也可能不是树木。到处都是雪，吉米的雪，奇美拉的雪。

"我可以……拿走这个。"

她轻轻地碰了碰我以为是树桩的东西。雪飘了起来，旋转着，好像她把雪吹到了别处。那"树桩"其实是卡赫拉。她坐在地上，膝盖一直贴着下巴，她的脚和腿也变成了冰。

"克拉拉……"她呜呜咽咽地哭了起来，"我要冻死了。"

可怜的卡赫拉，她最讨厌寒冷。但这不是真的，我

158

提醒自己。我看着奇美拉。

"这只是一个梦,"我说,"你不能在这里伤害卡赫拉!"

"你确定吗?"奇美拉说,"你能肯定吗?"

她又碰了碰卡赫拉,卡赫拉身上又一块变成了冰。

卡赫拉尖叫起来,她的声音听起来和现实中一样。

"放开她!"我说,"她可从没对你做过什么!"

"她是没有,"奇美拉说,"但总会有无辜的人受苦,或者死亡。"

她在想玛利亚吗?也许是的,在这一刻,她看起来比平时更像吉米。

"或者这个呢?"她说着,摸了摸另一个被雪覆盖的木头堆似的东西,"他并不是特别无辜。"

那是马丁,躺在医院病床上的刻薄鬼马丁,身上插着各种管子,连着各种机器。他现在还没有失去知觉,而且能看见我,他疯狂地摇着头,好像那是他身上唯一能移动的部位。

"让我走,"他用沙哑的声音喊,"放开我,你这头母牛,不然我就打……"不清楚他是在跟我还是在跟奇美拉说话,但他看着我。

"没有他也无所谓,不是吗?"奇美拉说,"你在学校里管他叫什么来着?刻薄鬼马丁?"

她怎么知道的?她仿佛能直视我的内心,随心所欲——她能够看到我知道的一切、我记得的一切、我曾经梦想过的一切。

"不，"我说，"也不要带走他。"

我相当肯定卡赫拉是安全的，即使梦里的卡赫拉受伤了，真实的卡赫拉也不会的。但我不敢确定马丁能否在现实世界中活下来，他是灵魂纠葛的一部分，而连接他与他的生命的那根线现在是如此脆弱。我仿佛能听到，如果用力拉它，它会发出的那细碎而尖锐的哀鸣。

"或许我可能需要这个，但我觉得你并不关心他，所以他不算数。"她回身指着加布里埃尔先生，吉米的爸爸。

他像在现实中那样躺在地上，拖着两条无力的腿，但他抬头盯着她，神情中带着一种和她一样强硬的挑衅。

"你吓不倒我。"他说。

"我吓不倒你吗？你知道我现在能做什么吗？我不再是那个你不让吃晚饭，就得饿着肚子上床睡觉而无能为力的小女孩儿了。我不再任你斥责辱骂、轰出门外了。"

"你是在为自己难过吗？"他的声音像刀锋一样，"可怜的小吉米。"

这一击正中要害。我从奇美拉畏缩的样子和她眼睛里奇怪的神情就能看出来。

"闭上你的嘴，"她说，"我不再叫那个名字了。"

"那是我给你起的名字，"他说，"无论你怎么称呼自己，让自己听起来像个大人物，你永远都是吉米！"

随着他一次次叫她吉米，奇美拉的脸变得越来越年轻，越来越脆弱，越来越不像原来那样尖刻和贪婪。

"住口！"她声音里的力量逐渐减弱，声调尖锐而紧张。

加布里埃尔先生努力想要坐起来。

"待在那儿别动！"她命令，但他根本不理她。

"小吉米一直爱炫耀。"他说，"小吉米一直想让自己变得很特别。小吉米，多聪明啊，根本不用脑袋呢。"

"停下！"

现在他站了起来。

"你要做什么，小吉米？你能做什么？'我很特别'的没用的小丫头？"

他疯了吗？为什么要激怒她？他在现实中也很狼狈啊。我有一种强烈的预感，如果她想杀他，她完全可以做到。

她脸上表情扭曲了起来。

"也许我应该把你这皮囊塞得鼓鼓的，绑到树枝上。"她说。

"看看你，就是这样。"他皱起眉头说，"你还在生闷气吗？那不过是一只破破烂烂的老鸟。"

奇美拉收紧了她的爪子，无形的手把加布里埃尔先生高高的身体抓离了地面。

"它不是破破烂烂的老鸟，"她说，"它是我的朋友。你夺走了它，把它塞满锯木屑，做成了标本！"

加布里埃尔先生的脖子抽搐着，很快，他的肌肉和内脏消失了，只剩下了皮肤、头发和衣服，它们都挂在一个只有大致人形的骨头架子上。锯木屑从他的嘴巴和耳朵溢出，他的手看起来像是塞满了棉絮的洗衣手套。他被奇美拉变成了一个标本！

这是一个梦，我一直这样告诉自己，一个梦，一个梦，一个梦……一定是这样，因为虽然加布里埃尔先生只剩下皮肤，但他还活着，他的眼睛忽明忽暗地闪着，凹陷的嘴唇试图吐出一个词："吉米……"

一个塞满了锯木屑的人还能说话。

"闭嘴，"她说，"现在你给我闭嘴！"

当加布里埃尔先生的嘴唇被黑色的线大十字交叉缝在一起的时候，他就像一个怪诞的卡通人物。他的眼睛抽动了一下，头也稍稍抽搐了一下，锯木屑从缝合线之间的缝隙流了出来。但他再也说不出话来了，从他嘴里传出来的声音是那么令人窒息，除了锯木屑中传来的咝咝声外，他什么也说不出来了。

"现在，也许我们这里可以安静一些了。"奇美拉停了下来，将指尖压在加布里埃尔先生高耸的颧骨上。"你自己告诉我的，"她对爸爸说，"你说永远不要多愁善感，我想你是对的。如此关心一只破破烂烂的老鸟是愚蠢的，我再也没有犯过这样的错误。"

她转向我，那双黄色的眼睛打量着我，仿佛在寻找合适的地方下手，而我无路可逃。

使用随身粉是个错误，一个可怕的错误。在现实世界中，我至少可以逃跑。而在奇美拉自己的噩梦里，她太强大了。

我不知道自己还能不能醒过来。这里有出路吗？

我动弹不得，我觉得胳膊被夹住了，连肩膀都被锁住了。于是，我拼命地把指甲往手掌里戳——如果能疼醒也可以。

什么也没有发生，除了手掌的刺痛什么都没有。

"你在干什么，女巫崽子？你想逃走吗？"

"是的，为什么不呢？"我反问，"这是一个梦，我可以醒来。"

"你以为你会醒过来，就靠你手上那点儿疼吗？相信我，你需要更多。"

她根本没有碰我，只是用长爪在空中划出一道弧线，我的手腕立刻疼得像是被电锯切割过。等低头看时，我的左手已经躺在地上——没有血，它看起来像是从雕像上掉下来的零件，但那就是我的手。

"疼吗？"她问。

"是的。"我低声说。眼泪在我的睫毛上凝结成冰，把睫毛粘在一起。真疼。在现实中，我从未想过会失去自己的手，所以不知道那是否比在梦中更痛苦。那疼痛燃烧着，跳动着，但我还在这里，疼痛不是出路。

"我待多久，你就待多久。"奇美拉说，"如果我们等的时间足够长，那我们的身体就会枯萎，然后你就会死去，女巫崽子。在现实中也是如此。明白了吗？你的生命握在我的手中，你明白吗？"

我默默地点了点头。

"好了，那我们来谈判吧，女巫崽子，你要为我的翅膀付出代价。你不想牺牲你的荒野女巫朋友，也不想牺牲那个讨厌的马丁。这个稻草人不算数，他是我的，不是你的。那么你拿什么来为自己的所作所为付出代价呢？我们来谈谈它的价格，哦，等等，我想我已经决定了。"

我面前的雪升起来了，起初只有一点点，后来又多了一点儿。那下面躺着什么东西——一个扁扁的、伸展开的身体，在跳跃的过程中被冻结在了这里。

是小狸。

冰晶在它的皮毛中闪闪发光。它从鼻尖到尾巴尖都冻僵了，但金黄色的眼睛中还闪烁着生命的光芒和愤怒的火焰。

我的心跳了一下，这代价不能是小狸，不可以是我的黑猫。奇美拉最好把爪子从它身上拿开，我不会……她不可以……

在梦境之外的某个地方，在现实生活中，小狸躺在篮子里，爱莎姨妈在努力维持它的生命。它生机渺茫，它那微弱的心跳和急促的呼吸不需要太多时间就能被掐灭。奇美拉只要打个响指就能杀了它，从她的目光中我能看出她也知道这一点。

"那不是小狸……"我几乎说不出话来。

"不是？我可以保证你会永远留住它，把它摆在你的壁炉架上，那样会很漂亮。它比我那只丑丑的、可怜巴巴的寒鸦好多了。"

"不要！你……敢……动……它……"为什么说这些话这么难？是因为冰层渐渐接近我的心脏，要冻住我的嘴唇吗？"取我的性命吧。如果你非要取走什么人的性命，那就取我的吧。"

她苦涩地笑了。

"那就没什么意思了，"她说，"那又不疼。我甚至不能用你的血，因为你根本就没有。"她指着那只正在慢慢被雪花覆盖的雕塑一般的手，"现在都不疼了，是不是？"

是不疼了。她砍断了我的手，而现在我根本感觉不到。

"但这里，"她用一根尖利冰冷的手指戳着我的胸口，"在这里，这里才是痛苦的地方，不是吗？如果我夺走你的猫，这里会疼的，是不是？"

我说不出话来，我痛苦得都不能点头了。

"这就是我的报复，可以解决饥饿感——至少暂时解决。"她颇为得意地说。

我不能让她这么做。不过我现在不仅不能动，而且连话都几乎说不出来，我到底怎样才能反击呢？

找出那个饥饿的家伙是谁！

"吉米！"

她吓了一跳。

"那不是我的名字。"

"但它曾经是，吉米！"

说出这句话后，我的嘴唇逐渐暖和过来。

"吉米，吉米，吉米……"我低声念着。是的，为什么波莫雷恩斯夫人坚持认为这如此重要？一个人不可能在认清某样东西之前就征服它。我现在对奇美拉的了解够多了吗？

"你想让我把你的嘴也缝上吗？"她说。

"你，吉米，"我说，"你要做的就是索取，你凭什么认为你可以随心所欲？"

"因为我一无所有！"她说，"我所拥有的一切，都是我不得不承受的，而我永远也抓不住我想要的，总有人会把它从我身边抢走。总是这样，我爸爸、那所愚蠢的学校、乌鸦之母，还有你。但我发誓你会为此付出代价的！当你一无所有的时候，你就没有什么可以失去的了！"

突然，我能看见它了，那饥饿感，藏在她的内心，像一只黑色的生物，那是一片黑暗，一片虚空。那片空虚可以吞噬整个世界，却永远也不会被填满。而吉米不在乎，她不在乎整个世界是否都会垮掉。她为何如此？因为那不是她的世界。

我想这是我第一次理解奇美拉，明白做她这样的人是什么滋味。我不喜欢这种感觉。

就在那一刻，一阵刺耳的、颤抖的声音穿透了雪地。奇美拉，不，是吉米，用手紧紧抓住胸口。

"你有我啊。"一个女孩儿穿过雪堆走了过来。她戴着一顶灰色羊毛帽子，脖子上围着四圈围巾。

吉米捂着自己的胸口，仿佛如果不赶紧摁住，她的心就会跳出来一样。

"你死了，"吉米说，"他们把你从我身边夺走了。"

"不，"玛利亚说，"我在这里。"

那团黑暗的饥饿感扭曲了，从吉米的手指间渗出，穿过她的胸膛。

突然间，我想起了在那个黑暗夜晚，那可怕的饥饿感，当我想要……正如爱莎姨妈所说的——那饥饿感不属于我。

如果也不属于吉米呢？

她花了一天去看帕沃拉展示的洞穴。从那天起，她就开始不停地吃——首先是为了满足简单的饱腹感以及对食物的渴望。但后来，她不仅偷走食物，还夺走生命——而且越来越多。

现在吉米也感觉到了。我意识到她不是想要控制自己的心，而是想要控制那种渴望。她正在努力，但没有成功。那东西像油一样从她的手指间渗出，流到她的胸部、腹部和腿上。

"走开，"她对玛利亚尖叫，"快跑，我控制不住它。"

所谓的"重生者"就是那个渴望，而不是奇美拉。我不知道这东西到底是谁，想要从奇美拉的胸膛里逃出来的那个油乎乎的、消耗一切的影子没有脸，也没有身体，但我对它的力量记忆犹新。我用僵硬的腿跌跌跄跄地后退着，不想碰到影子或奇美拉，我只想离开这里。

"帮帮她！"玛利亚恳求，"她一个人做不到。"

奇美拉自己也说过，她待多久，我就待多久。但如果她不在了呢？

片刻间，好像一切都静止了。我感觉到寒冷，灰色的雪花还在飘落。雪已经将卡赫拉盖了起来，加布里埃尔先生那笨拙的被填充的身体也几乎被雪埋了。但是小狸……小狸挣扎着要站起来，尽管我能看出来并且感觉到它每做一个动作都有被撕碎的危险。它看着我，眼睛里闪着金光。

"你有利爪，荒野女巫，使用它们！"

我可以吗？

我内心深处涌起了什么。我以前曾感受过的，那是一种锋利而坚硬的东西，那一次我用它割断了奇美拉的翅膀，就像用一把隐形的剑一样。

我闭上眼睛。"我能做到的。"我低声对自己说，并且努力相信这一点。我是一个荒野女巫，我有利爪，至少此时我不是妈妈的小宝贝。我伸手去取体内隐形的剑，我伸出双手……

不。我的一只手还躺在雪地里呢，奇美拉连眼睛都没眨一下就把它砍掉了，只需要一个念头，弹指一挥。我能做出什么比这更强大的？要是我连手都没有，怎么可能有爪子呢？

"如果你做不到，我就会死。"小狸说。

这既不是责备也不是威胁，只是在陈述一个事实。如果我做不到，那就完了，它会死的，这种想法让我无法忍受。我必须做到，就这么简单，无论我有一只还是两只手，无论我有没有利爪或无形的剑。

我又睁开了眼睛。

我的一只手还是老样子，而那只被砍断的手臂则泛起了烈焰。我拥有了火焰之爪，炽热开始从我的手臂升起。

我没有喊"停下来"或者"走开"，我只是把我的火焰手伸进奇美拉的胸膛，那个饥饿的影子正从她的胸膛里倾泻出来。

冰与火在蒸气的哧哧声中激烈碰撞。奇美拉尖叫起来，把她的爪子扎进了我的手臂，但并不是想把它推开。相反，她把我的火焰手紧紧按在她的心上，仿佛她唯一的

愿望就是让她的心停止跳动。

世界轰然分裂，好像刚刚我们都在一个雪球里，现在雪球被打碎了。阳光倾泻而下，黑暗在我周围爆炸。

然后，我觉得仿佛是大地从背后升起来击中了我。

"小狸！"我不能再大声喊出来了，但我也不能阻止自己去尝试。

这就是它说的一切了，它就在我身边，它温暖的黑色皮毛，它的爪子和它的身体。我心中的空洞被填满了。

WILD WITCH

Chapter 23

第二十三章

吉米，再见

我静静地躺了一会儿。

只要能感觉到小狸身上的热量，能听到它咕噜咕噜的声音，我就不会有什么问题，或者至少感觉上是这样的。但后来我发觉了另一件事。

我脚下的大地在移动。

这地震一样的感觉并不像我想象的那样剧烈和迅速，而是十分平静。我被举起又放下，仿佛躺在轻轻拍打着的浪花上。

我睁开眼睛，一阵温暖的微风吹起，树上的枝叶飘动。

树上有叶子。

我只好闭上眼睛再睁开。一切都是绿色的，一切都在盛开，包括所有早已死去的东西——不只是春天嫩芽的淡绿色面纱。

所有的东西都在移动，非常轻柔，非常和缓，与大地起伏缓慢而柔和的节奏应和着。

大地在呼吸。

"它不见了。"卡赫拉说。

她正坐在我旁边的草地上。

"你还好吗？"我忍不住问。

"是的。我做了一些奇怪而冷酷的梦，但是……"她打了个哆嗦，"现在一切都很好。"她笑了，"怪物走了，一切都很好。"

卡赫拉就在那儿静静地坐着傻笑，这可不像她。但我自己也能感觉到，那是一种快乐而奇异的幸福感，我不能不高兴。

"我想空气几乎都是绿色的。"卡赫拉说。

是的，仔细观察的话，就能发现我们周围的空气中有一种柔和的绿光。

小狸慢慢站了起来，伸展着黑色身体里的每一块肌肉。它呼吸着新鲜空气，尾巴左右摇摆着，我想它是在查看附近是否有危险。然后它又坐了下来，开始舔毛，从下巴一直舔到肚子，然后是四只爪子和尽可能多的背部。

我把双手从膝盖上举起，仔细端详着——两只，它们看起来很正常，除了左手腕上有一条白色的细纹。当我触摸它时，什么都感觉不到，皮肤完全麻木了。

一部分快乐感消失了。

"你说怪物走了是什么意思？"我问。

"就是这样。当我醒来时……好吧，它就不见了。"

我觉得这简直难以置信。它已经死了，是的，可能，我相信。我早就知道了，那时候，我一直用自己的火焰手抓着它呢。但是那个无形的、冒着气泡的身体，就像海浪一样砸向我们……一定是发生了什么事，一定留下了什么。

果然。

我在不远的地方发现了吉米。她藏在高高的绿草中，一动不动地躺在地上，双手举过头顶，脸微微歪向一边。她穿的衣服不多，只有一条短睡裤和一件破破烂烂的白色T恤，上面印着黑白灰色的鸟儿图案。

奇美拉变回了吉米，而吉米已经离开了我们。

我跪在她旁边。周围的空气不停地告诉我一切都好，一切都好。

但一切都不太好。

如果那是死了的奇美拉躺在那里，不管她有没有翅膀，那么我想我只会感到解脱了。

但这是吉米。她精疲力竭，皮肤苍白而肮脏，而且骨瘦如柴。从前的吉米是一个热爱鸟类的小女孩儿，与她爸爸的关系非常糟糕。

"你在哭吗？"卡赫拉在我身旁问。

"没有。好吧，也许有一点点。"

小狸嗅了嗅躺在草丛中的吉米。

"喵呜呜……"它叫了一声，这是什么意思就只有它自己知道了。然后它懒洋洋地转过身，昂首阔步地走开了。

"你要去哪儿？"我问。

"回家，"它说，"你要一起走吗？"

"我们不能就这样走。"

"为什么不能？"

我无助地看着地上的吉米。

"因为我们不能这么做，显然，我们一定要……"

"没什么可做的。"小狸用明显属于它的逻辑说，"除非……"

"哦，别说了……"

"对于我们动物来说，就这么简单。活着的东西就是活着，死了后就没什么意义了，除非它是食物。"

"我是人，不是动物！"我说。

小狸没有回答。它走进自己的荒野之路，在迷雾中消失了。一旦完成了独特的属于人类的思考，我可以选择是否要跟随它。

我们身后的草地沙沙作响。吉米的爸爸走了过来，他挺直了腿，看上去有点儿不稳当，但似乎已经能正常行走。他的脸上完全没有表情，动作有一点儿迟疑。他停在我们旁边，低头看着他的女儿。

"所以，她走了。"他说。

我看着他。我有一个强烈的感觉，这件画着鸟的T恤和这条睡裤，就是吉米因为试图从厨房里偷吃而被他赶出去锁在外面的那个夜晚所穿的衣服。他认出来了吗？他还记得吗？我看不出他脸上有什么悲伤或者悔恨。如果他有这种感觉，他也没有表现出来。

"她妹妹葬在哪里？"我问。

"玛利亚？当然是在教堂墓地。"

"那么请一定把吉米埋在她身边。"我的声音听起来与往常不大一样，有些沙哑而成熟，好像我能告诉一个像他这样的人该做什么，并期待他去做。这也许有点儿像爱莎姨妈。

他面无表情，仿佛他宁愿身体里被塞进锯木屑，也不愿有血肉和心灵。他简单地点了点头。

"我想是应该这么办。"他说。

我仍然不知道他是否后悔或者有丝毫的罪恶感。但他跪了下来，把吉米抱在怀里，仿佛是要把一个活生生的女孩儿带回家。

他抱起女儿，一句话也没说就走了，一次也没有回头。

WILD WITCH

Chapter 24

第二十四章

家

艾巫克拉拉之
奇美拉的复仇

　　"然后他就不声不响地走了，什么也没说，我们可救了他的命呢。"

　　主要是卡赫拉在说，我真的接不上什么话茬儿。我只是坐在爱莎姨妈的旧沙发上，小狸趴在我的腿上，一直在给自己找乐子，看起来既开心又放松，我也是。小狸还活着，獾幼崽正吃着妈妈的奶。我有一种强烈的感觉，马丁在医院里也已经恢复了意识。希望他现在全身都能动，而不仅仅是他愤怒的脑袋。有很多事情值得感恩、值得开心。

　　波莫雷恩斯夫人坐在对面的扶手椅上认真地听着。

　　"所以你一口气就把一整罐随身粉抛到了空中？"她问。

　　"是的。"

　　"然后发生了什么事？"

　　"就像卡赫拉说的，我们睡着了，做了一些疯狂的梦，等我们醒过来，奇美拉已经死了。"

　　"是的。但是在你的'疯狂的梦'中发生了什么？也和卡赫拉梦里的一样吗？"

　　卡赫拉只谈到了雪和寒冷，还有结冰的感觉。我从

180

来没有想过她会有和我一样的经历。

"不，还要……多一点点。"

我没办法告诉他们。这话就是说不出来，一切似乎
都卡在了我的脑海里——奇美拉、吉米、吉米的爸爸、小
狸、玛利亚，还有那只火焰手……我要怎么告诉他们，这
一切都是有意义的？

"你遇到那个饥饿者了，"波莫雷恩斯夫人猜测说，
她透过眼镜上缘看着我，"我说得对吗？"

"是的。"

"而你……把那个灵魂从她身体里赶了出去？"

"我想是的。"我说。不过她是怎么知道的？

波莫雷恩斯夫人笑了，"哦，我很高兴。"

也许等到和她一样年长、一样成熟的时候，我就能
洞悉一切吧。

"那么，灵魂纠葛是否已经解开了呢？"爱莎姨妈问。

"哦，是的。"波莫雷恩斯夫人说，"一切都正常了，
男孩儿是男孩儿，老鹰是老鹰，等等。克拉拉可以做些
荒野游离的练习，但我们以后再解决这个问题，只有一
件事……"

"什么？"我说。

"你把饥饿感和饥饿者剥离了，你让吉米解脱了。"

"是的。"

"那个灵魂怎么样了？"

第二十四章　家

181

我不得不考虑了一下这个问题。"我不知道。我抓住了它。"我拍了拍那只曾经是火焰的手，"我想我阻止了它。但后来，一切都爆炸了。我看不到它，也没看到吉米或者别的什么。我想然后我就醒了，在一片生机勃勃的森林里。"我抿了一口温热的茶，"爱莎姨妈，我好像感觉到地球在呼吸，这有可能吗？就好像它在起伏，呼吸着一些温暖的东西。"

　　"我不知道，"爱莎姨妈说，"我以前从没听说过。"

　　波莫雷恩斯夫人咬着嘴唇，突然看上去年轻多了，就像一个被发现做了不该做的事情的女学生。

　　"阿加莎，"爱莎姨妈说，"怎么回事？"

　　"哦，"波莫雷恩斯夫人说，"很明显。"

　　"什么很明显？"

　　"为什么森林过于有生气了？因为有人在里面扔了一整罐随身粉。"

　　"你什么意思？"

　　"丰富的梦想。"波莫雷恩斯夫人说，"如果你给你的植物浇水时，在浇水罐里加一点点，那么你就会得到一个看起来非常可爱的花园。但是一整罐……可能有点儿过头了。"

　　爱莎姨妈忍不住笑了起来。

　　"阿加莎，这就是为什么你的花园总是那么温暖和葱郁。"

"是的，这是我的小秘密，请不要告诉任何人。"

"我以为你找到了那种操纵天气的方法。"

"爱莎！我是不会那么做的！那是严格禁止的！"

"嗨，妈妈！"

"小宝贝！"

妈妈尽最大的努力掩饰自己突然松了一口气的样子，但是看到我平安无恙，她非常高兴，这是毫无疑问的。

我本可以再花上几天时间陪爱莎姨妈，妈妈从医院接我过来还不到一个星期。但我想回家，过一段时间平凡的生活，不做荒野女巫……我有很多想法。

"你感觉怎么样，小家伙？你的头怎么样了？"

我的头吗？哦，对了，脑震荡。我把它忘得一干二净。是有点儿头痛来着，不过和与灵魂纠葛的战斗相比，这根本不值一提。

"很好，"我说，"我的头不再疼了。"

"还恶心吗？"

"不，一点儿也不。"

"太好了。我正要开始准备晚饭，你能帮我个忙吗？还是你想歇歇？"

我饿了。我不得不反复检查这种饥饿是否正常，还好，这是很正常的——我们总是会饿的，这不是让我闻到新生的獾宝宝气味的那种饥饿。

"我们可以一起做。我可以先给奥斯卡打个电话吗？"

"当然，亲爱的。"

我回到自己的房间，有些事情妈妈不需要知道。

"奥斯卡？"

"啊……有什么事吗？"

"一切都好了，我觉得我没必要再害怕变成草蛇了。"

"那太好了。那么，这是不是说你已经学会了怎么应付这些呢？"

"差不多。波莫雷恩斯夫人带我做了一些练习，并让我把少量的随身粉带回了家。但她警告过我，这不能用于盆栽。"

"酷！你能告诉我怎么做吗？"

"不，恐怕不行。我想知道马丁怎么样了？"

"刻薄鬼马丁？"

"不然还有谁？但是……"

"但是什么？"

"我认为我们应该停止这样称呼他。"

"为什么？就因为他从车棚顶上摔下来了？他已经出院了，他现在很好。班上的一些同学探望过他，他们说他星期一就会回学校了。毫无疑问，他会和往常一样讨厌。"

和我意料的差不多，很高兴我的想法能得到证实。

"不是因为这个。'众口铄金，积毁销骨'，你有没有听过这样一句话？

"什么意思？"

"坏名声让人自暴自弃。想想什么也不是。"

"你是说，如果我们开始叫他甜心马丁，他就会突然变得甜甜蜜蜜的？"奥斯卡的声音里充满了怀疑，我忍不住笑了。这确实需要一点儿信心。

"不，也许不是，但我们总可以试一试。"

"你疯了？"他说。

"差不多吧。"

"我得挂了，晚餐准备好了。"他说，"明天见？"

小狸趴在我的肚子上，米老鼠闹钟上的荧光指针正要双双指向十二点，快午夜了，我筋疲力尽，却睡不着觉。

我想做个能解决我的疑问的梦，因为有一件事是我真的需要知道，但在书上或者网上又查不到的。

波莫雷恩斯夫人给我的小锡罐就放在闹钟旁边，但是我犹豫了。我没有忘记上次打开它时发生了什么。

"去睡觉吧。"小狸嘟囔着。

"我睡不着。"

"为什么睡不着？"

"因为我在想吉米。"

"她很好。"

可是她死了，因为我而死。我心里这么想着，但没有大声说出来。

"是的，所以她很好。"

"你会为此付出代价的。"当我砍下奇美拉的翅膀时，她曾对我说过这样的话。她在灰色的雪地里又说了一遍——"你会为此付出代价的。"

她是对的，这是要付出代价的。虽然她说这话的时候肯定没有想到这一点，但奇美拉最大的报复就是，让我在余生里，永远都忘不掉是我让她送了命。这就是代价——我的心灵将永远也无法摆脱吉米最后的形象——那么瘦小，穿着那件脏脏的鸟儿 T 恤，睡衣底下露出赤着的腿。

我伸手去拿那只银色的小罐子，小心地打开，用食指轻轻蘸了一点儿里面的粉末，然后在双眉之间擦了擦——那里猫爪抓破留下的疤痕仍然清晰。然后，我小心翼翼地盖上罐子，躺下。

什么也没有发生，什么也没有，只是我终于开始觉得有点儿昏昏欲睡。我打了个哈欠。

然后我期待的梦境终于来了，虽然只是很短暂的一刻。

我在生机勃勃的森林里，看到两个女孩子牵着手走在我前面，其中一个的肩膀上有一只寒鸦。

除此之外再没有别的了。然而，我的如释重负之感如此强烈，我的心轻快得仿佛能飞起来。我永远不会忘记

186

吉米，而关于她的记忆也不会像我所担心的那么沉重。

"她很好。"我说。

"当然。"小狸咆哮着打了个哈欠，"我告诉过你，不是吗？"